Tiara Label

ティアラ文庫

うっかり落札した次期竜王に求婚されまして

真波トウカ

JN250320

プランタン出版

-Contents-

※本作品の内容はすべてフィクションです。

プロローグ

ソフィアは町外れに住むしがない薬師《くすし》だ。

年齢の割に知識は豊富だと思っているけれど、それだけ。あとはなんの変哲もない、ただの平民。

だから時々すごく不思議になる。

自分の家にこんな美しい人がいることが。

「ソフィアのそのよがる顔が、たまらない」

「っ、ああっ、そんな奥……っ、だめぇ」

彼の紅い瞳に映る自分はなんて淫らな顔をしているんだろう。

穿《うが》たれた熱杭で揺さぶられるたびに漏れ出る声は、自分のものと思えないほどに、甘い。

夢中で腰を動かすリントの長い銀髪が、はらりと胸に落ちてくる。それが先端の飾りを掠めて、わずかな刺激だというのにお腹の奥がずくんと疼《うず》いた。

「っ、く」

端整な顔が快感に歪む。眉根を寄せ、なにかに耐えるように歯を食いしばっている。

壮絶な色香に鼓動が速まるのがわかった。

「もっとだ。もっと俺ので感じてくれ、ソフィア」

耳元で囁かれ、熱いものが何度も肉壁を擦る。

張り出した傘に敏感なところを刺激されると、腰が熱く溶けていくようだ。

「や……っ、おかしくなっちゃ……っ」

縋りついていた肩に思わず爪を立てた。そうしないと快感の波に押し流されてしまいそうで。

「おかしくなればいい。俺はソフィアの感じている姿が見たいんだ」

怒張の先が最奥をぐりっと円を描いて押し上げる。

「ふあぁっ！」

「気持ちいいか？　食いちぎられそうだ」

隙間なんてないはずの隘路がさらにきつく締まる。

「そんなに離れがたいか？　けれど動かないとソフィアを気持ちよくできない」

「っ、あ……っ」

「それに、黙っていたら先に果ててしまいそうだ。それでは格好悪いだろう?」

「あ、ああ……っ」

律動のたびにリントの汗がぱたぱたと胸に落ちる。

彼の白い肌はうっすらと上気していて、いつもより甘い肌の匂いがふわりと香った。

リントは腰を浅く引いて、素早い抽送を繰り返す。

柔い肌に彼のほどよく筋肉のついた身体が打ちつけられると、ああ今繋がっているのだとどうしようもなく意識させられてしまう。

規則的な律動は、しかしずぶずぶにとろけたナカには少し刺激が弱い。もどかしくて足の指にぎゅっと力を入れて耐えた。

もう少しで達せそうなのに、そこには手が届かない。

焦らされている感覚に、生理的な涙がじわりとにじむ。

「もっと、か?」

すがるようにこくりと頷けば、ぴんと尖った胸の飾りをきゅうっと摘ままれる。

「ひぁんっ!」

「いい声だ」

リントはいたずらっ子みたいににんまりと唇を弧にしている。

「そっちじゃな……っ」

「でも気持ちがいいだろう？」

痛いくらいに引っ張られても感じるのは悦楽だけ。

「あ……っ、も……、変になっちゃ……っ」

突かれるたびに、意思とは関係なく下肢はびくびくと跳ねる。

悩ましげに眉根を寄せると、抱きしめられる腕の力が強くなった。

「っ、ソフィア」

浅く繰り返すだけだった律動が深く激しいものへと変わる。

リントの声が余裕なさげに掠れている。

「一緒に気持ちよくなろう」

遠慮なく奥へと突き込まれ、声にならない嬌声が漏れる。それも激しくなった肌のぶつかる音にかき消される。

片側だけ折れたツノがろうそくの明かりを受けて冷たい輝きを放っている。

弓なりにカーブを描いて天を向くそれは、竜人の証だ。右のツノは半分から折れてしまっているけれど、それでも耳の上から生えた漆黒は堂々たる存在感だった。

腰を掴む手に力が入る。そこからも熱い体温がじわじわと伝わってくる。

「俺はお前の前ではただの男だ」

思い詰めたような声に胸が切なくなる。

だから、ひとりの男として愛して欲しい。そう言われた気がして。

——時々、すごく不思議になる。

どうして竜人国の次期国王が、こんなところにいるのか。

自分をそれほどまでに欲するのか。

がつがつと最奥を突かれ、高みに上らされながら、ソフィアの脳裏にちらりとそんな考えがよぎった。

第一章　落札は計画的に

（なんだかとんでもないところに来ちゃったかもなあ……）

　室内は、夜闇をそのまま引き込んだかのように暗かった。

　ソフィアは深い翠色の瞳でそっとあたりをうかがう。ひしめく人々の視線は、部屋の前方、明かりで照らされた壇上に注がれていた。

「では続いての品を紹介いたしましょう」

　燕尾服の男が仰々《ぎょうぎょう》しく片手を挙げると、舞台袖からは赤いビロードの布に包まれた板らしきものが運ばれてくる。

　男がさっと手を下ろして合図すると同時に、布が取り払われて、大きな絵画が現れる。

　会場のあちこちから嘆息が漏れ聞こえてきた。

「あれは幻の……！」

「この目で直接見ることができるとは」

「お父さま、わたくしあの絵が欲しいわ。別邸のギャラリーに飾ったらオフシーズンのお茶会も華やかになりましてよ」

ソフィアの斜め前で、紳士に寄り添った令嬢が声を弾ませる。

彼らはきっと貴族だろう。ふたりとも身なりがいい。特に令嬢は、複雑に結い上げた髪にコルセットを締めたドレスと、使用人がいないと着られないような服装だ。ソフィアのほうはといえば、赤茶色のロングヘアをサイドで三つ編みに流し、服装はいつもの着古した街着のワンピースだ。ひとり暮らしの庶民の装いとしてはごく普通のものだろう。二十二歳という年頃の娘にしては飾り気がなさすぎるきらいもあるけれど。

父娘は目元を隠すために仮面をつけている。

紳士は楽しげに同意すると持っていたパドルと呼ばれる番号札を掲げた。

「では五万リーコから。六万、七万……」

「十万リーコ」

「十万！　十万リーコが出ました。あとはいらっしゃいませんか……ではそちらの紳士が落札です」

ひえっ、と小さな悲鳴が漏れた。

一リーコあれば一日分のパンが買えるし、デザートにフルーツだってつけられる。絵画一枚によくそんな額をぽんと出せるものだ。

しかし案外雰囲気は普通なんだな、とソフィアは思う。

——ここは闇オークションだというのに。

品物の価格はともかく、手持ちのパドルを上げて希望の金額を言っていくのは一般的なオークションと変わらない。

会場となっているのは貿易街の通りに並ぶ普通の商店だ。舶来品を扱っており、誰でも出入りができる。その地下で開かれるオークションが危険なもののはずがない。

ちょっと身構えすぎたろうか。そう思い少し安堵する。

貴族や商人に交じって薬師を生業とするソフィアがこの場に参加しているのは、目当ての薬草が出品されるからだ。

いつもは自分が育てている薬草畑で採取しているのだが、それが山火事ですべて焼けてしまった。市場には出回らない種類なので、どこか手に入るところはないかと探しているうちにこの闇オークションの情報に行き着いたのだった。

「ちっ、ありゃミケーレの晩年の作だ。なかなか市場に流れない作家だってのに」

「もっと粘ったほうが良かったんでしょうか」

「いいや。十万リーコは高すぎる。高けりゃそのぶん、捌《さば》くのに苦労するぞ」

右隣にいた男たちの話が聞こえてくる。話しぶりからすると彼らは商人らしい。黒い口ひげを生やした年かさの男は、慣れた様子で見習いらしき青年に品物についての知識を教示している。

「ミケーレには東部の貴族がパトロンについてたんだ。死後は自邸に飾り立てるばかりでちっとも売りに出しゃしねえ。だから買える機会は貴重なんだ」

「警備も厳戒ですもんね。入ったのはそうとう腕の立つ賊なんでしょう」

つい聞き入っていたソフィアはぎょっとしてしまう。

(それって、盗んだってこと!?)

やっと理解した。この催しに、闇などといううきな臭い言葉がつくゆえんを。

売買される品々は、正規のルートで流れてきたものではないのだ。

確かに目当ての薬草も、本来なら薬師にしか扱いの許されていない種類だ。だれかれ構わず購入できる場にあることはおかしい。

まわりにいる人間たちが急に危険人物に見える。

(や、やっぱり帰ろうかな……)

しかしどうしても薬草を諦められない。これから作る薬には必要不可欠な材料なのだ。

さっさとお目当てが出てきてほしい。そしたら落札してすぐに帰るのに。ここにいると自分まで悪事に荷担しているようで気分が悪くなってくる。

「では本日の目玉となります、こちら!」

司会の男が大げさな身振りと声で視線を集める。

今度はどんな盗品が出てくるのだろう。しらけ気味に壇上を眺めていると、運ばれてきたのは思ったよりも小さな品だった。

丸テーブルの上にある商品はソフィアの両腕で抱えられるくらいの大きさで、先ほどと同じく赤いビロードで隠されている。

また自分には価値のよくわからないものだろう。そう思っていたのだが。

「ではとくとご覧あれ！」

ぱっとビロードが取り払われ、ソフィアは中にいるものから目が離せなくなる。

布の下にあったのは、鉄を編んで作られた丸天井の鳥籠だった。

中でうずくまっているのは鳥、だろうか。小さな身体が呼吸とともに微かに震えている。

その体表がきらきらと銀色の輝きを放っているのだ。

（綺麗……）

鏡面みたいにつややかで、息づくたびに青みがかって反射する。硬質な光なのに、生き物が発する輝きだと裏打ちするようにどこか温かい。今までに見たことがない不思議なきらめき。

その美しさに魅了されたのはまわりも同じだったようで、どよめきが会場に広がる。

音に反応したのか、鳥籠の中の生き物がひょいと顔を上げた。

(え⁉　うそ、これって――)

籠の中にいたのは鳥ではなかった。

横たわっていたのは、竜だった。

黒曜石のような闇色のツノをもたげ、ルビーより深い紅の瞳で会場をけだるげに一瞥する。まるで全身が宝石でできているようだ。芸術品には詳しくないソフィアですら見とれてしまう。その生き物の美しさは圧倒的だった。

竜はくだらないものを見たとでも言いたげに目を閉じると、また体を丸めてしまった。

「いいですねえ、竜！　落としましょうよ！」

「そう逸《はや》るな。よく見ろ、ツノが折れてるじゃねえか」

声を弾ませる青年に、商人はあくまで冷静に答えを返す。

くるりと丸めた体から、ぴょこんとのぞいたツノ。確かに、右側は中ほどからぽきりと折れてしまっている。

「ま、銀色の竜は珍しいからな。ツノのことさえなけりゃかなり見た目がいいんだが……」

「今回は見送りですか？」

「では十万リーコから。十一万、十二万」

落札がはじまって、会場からぽつぽつとパドルが上がる。

「確かに高値はついてないようですね」

「持て余してるんだろうな。竜は本来捕らえることが禁止されている。その上育てにくいとあっちゃあ。だが」

商人がおもむろに自分のパドルを上げた。

「十五万リーコ！」

「買うんですか？」

「バラして売れば足がつきにくい。そういう販路を持ってる俺たちが強いのさ」

「ばらす？」

ソフィアは思わず聞き返していた。

「殺すって言ったほうが嬢ちゃんみたいなのにはわかりやすいか？　ツノも鱗《うろこ》も、ばらばらにしたほうが売りやすいってもんだ」

「なっ」

「真似しようなんて思うなよ。素人がやったらすぐに足がつく」

商人は会話への闖入者ににやりと下卑た笑みを見せる。

（殺す？　殺すって、あの竜を？）

いたいけな生き物にどうしてそんなひどいことをしようなんて思えるのか。

「やめてください！」

思わず商人に食ってかかっていた。

「邪魔だよ、どきな嬢ちゃん。俺じゃなくて壇上を見ろ。冷やかしなら帰れ」

「二十万リーコ」

「三十万」

パドルを上げた他の参加者たちが次々に値段をつけていく。

「五十万」

競《せ》り負けるものかと商人も声を張り上げる。

「パドルを下ろしてください！　あなたに買われたら……」

ソフィアの懇願などまるで意に介さない様子で、男はパドルを上げ続ける。

その間にもどんどん竜の値は上がっていく。

「六十万リーコ」

「七十万」

「八十！」

じり……と一瞬間があいた。他の参加者たちが商人の発声に、いったいどこまで出すつもりなのかと探っているようだ。このままでは商人が竜を落札してしまう。

「下ろして！」

「あっ、なにするんだ、この……っ」

男のパドルを奪い取れば、すかさず取り返そうと腕が伸びてくる。

「返すもんですか！　動物虐待反対！」

男がぶんぶんと振り回す腕をなんとか避ける。揉み合っているうちに他の参加者がじりじりと値段を上げていく。

「八十一」

「八十二」

司会の男は刻みはじめた価格に焦れているようだった。

「さて、この美しい竜を必ずや手に入れたいというお方はいませんか？　百万リーコ！百万リーコで決めていただければ即決といたします！」

「この小娘が……っ」

商人がパドルめがけて摑みかかってくる。

「きゃあっ」

ソフィアは無我夢中でパドルを目一杯遠くへ引き離す。

「百万リーコが出ました！　そちらのお嬢さんが即決です！」

「え……」

気づけば、値段をコールする声は聞こえなくなっていた。ぽつぽつと上がっていたパドルもすべて下げられている。

司会の男はソフィアのほうを向いて満面の笑みだ。暗闇の中からも、会場中の視線を感じる。

ソフィアはおそるおそる自分の腕を視線でたどった。

そこには、高々と掲げたパドルが、あった。

「では、次のお品に参りましょう」

「ま、待って！」

つまり、図らずも自分が竜を競り落としてしまった、ということだ。完全な事故である。

司会が怪訝《けげん》な顔でこちらを見てくる。

早く取り消さないと。

でも——。

（そしたらオークションはやり直し？　この商人が竜を買ってしまうかもしれないの？）

つまり、竜は殺されてしまう。

心臓がどくんと大きく脈打った。

「このお嬢ちゃんに購入の意思はない。やり直してくれ。なんなら俺が買おう」

「いいえ、わたしが買いました！　即決ってそういう意味ですよね!?」

割って入ってきた商人に、ソフィアは慌てて声を張り上げる。

「おい……」

「すみませんねえ、旦那。ルールなんで」

司会は困ったように笑う。

「ちっ、せいぜいペットにするくらいしか能のない小娘が。いくらで売れたと思ってるんだ」

忌々《いまいま》しげにつぶやく商人を見て、竜をこの男に渡さなくてよかったと心から思った。

ソフィアが生まれ育ったエトフォーレ王国は、内陸にある小さな国だ。

力を入れているのは貿易分野。といっても、なにかを輸出して国力とするほどの目立った産物はない。

道を整備し、市場を作る。宿を増やして他国から滞在する民を手厚く歓迎する。そうして周辺諸国の運輸の流れを一手に集めたのだ。

エトフォーレを経由する輸出入のルートが確立されれば、通行料の税で国は潤った。今では交易の要《かなめ》たる国として、周辺国からも一目置かれている。

ソフィアが住んでいるのは大きな市場を有するトロリエという町だ。といっても家があるのは市場の活気を感じられるような場所ではなく、町はずれのほとんど山の中だ。中心部からは歩いて半刻ほどかかるため、なかなか客人も訪れないへんぴな場所である。

星明かりの中をてくてく歩いて帰ってきたソフィアは、テーブルにつくなり脱力する。

（わたし、とんでもないことをしちゃったよね……）

百万リーコという大金を払うことになるなんて。

薬草を入れて帰ってくるはずだった籐編みの籠の中には、丸くなって眠っている銀色の子竜。その艶やかな鱗が規則的に上下するのを見て、知らず笑みがこぼれた。

「良かった」

金額の大きさに気後れしてしまいそうになるけれど、自分の行動に悔いはまったくない。この竜を見過ごさなかったのは、絶対に正しい選択だった。

「眠いの？　竜は夜行性ではないみたいだね」

竜なんて普通に生活していればまずお目にかかれない希少な生き物だ。その生態については知らないことばかりだ。

「……痛く、ないのかな」

黒いツノは円柱状の節を積み上げたような形で、左側は弓なりに天へと伸びている。右は半分ほどがぽっきりと折れていて、無造作な折れ口はなんだか痛々しい。折れたのはつい最近なのではないか。なんとなくそんな気がした。

気づけば、そっと手を伸ばしていた。

ツノの側面に触れても、竜は身じろぎひとつしない。

「ツノに痛覚はないのかな」

だったら折れて痛いということもないのだろう。安心してほっと息をつく。

(……竜の身体って、どんな触り心地なんだろう)

安心すると好奇心のほうが大きくなる。

気になるならば徹底的に、納得するまで調べること。それは師から授かった、薬師として独り立ちするための大切な教えだ。だからソフィアは興味があれば確かめずにいられない。

今度は銀色の鱗に優しく触れた。

「わ……」

冷ややかな輝きとは裏腹にぬくもりを感じる。硬いのかと思っていた鱗は、存外弾力があってやわらかい。

触れられたことに気づいてか、子竜がうっすらと目を開ける。

だが視線の定まらないままに、またまぶたを固く閉じてしまった。

(眠いんじゃなくて、弱ってる?)

一瞬もたげた首はすぐに地に伏せてしまう。

その姿は体力を温存するためにじっとしているように見えた。

「竜ってなに食べるんだろう……」

薬の材料を保管している棚へ向かうとそこからカエルの干物を取り出す。

見知った動物の中では、竜はトカゲやワニと近いように思える。きっと肉食だろう。

「滋養強壮にいいよ」

カエルの足を持って竜の鼻先に近づけると、露骨に嫌そうな顔をされた。

「干物だからかなあ」

水分の抜けて硬くなったカエルは本来、すりつぶして使うものだ。子どもの竜には硬いのだろうか。

小さく刻んであげようか、などと思案していると竜はのろのろと飛んで台所へ向かう。そして、かまどの鍋を覗き込んだ。

「それ……」

中には多めに作ってしまったポトフがある。

見守っていると竜は頭を突っ込んでスープをすすった。

「それがいいの？」

半信半疑で深皿によそってやると、勢いよく食べはじめる。やはりお腹がすいていたらしい。

「大丈夫かなあ」

ポトフはもちろん人間用に味付けしてある。

ソフィアの好みで塩気は薄いが、何種類ものハーブからスープを取っている。竜はハーブでお腹を壊さないだろうか。

腸詰めをおいしそうに頬張る竜を見ていると、なんだかそれも杞憂という気がしてくる。満ち足りた表情があまりに人間くさかったからだ。

「ふふ、気に入った？」

竜はまるで返事をするように「きゅう」と鳴いた。

「おかわり、いる？」

皿に手を伸ばすと、そこに頭を寄せてくる。いじらしい姿に庇護欲がくすぐられた。

「かわいいなあ……」

首元をそっと撫でてやると、気持ちよさそうに深紅の瞳を細める。

気品溢れる美しさからは想像もできないくらいの愛くるしい姿だ。

竜は結局、ポトフをもう一杯しっかりとおかわりして、デザートに作ってあったドライフルーツまでおいしそうに平らげてしまった。

満足したのか、今度こそ本当に眠たそうに目をしばたたかせている。

「これだけ食欲があるなら大丈夫だね」

ずっと手元に置いておきたい。ペットのいる生活も悪くはないかもしれない。ちらりとそんな考えがよぎる。

けれど、一時の気の迷いでこの竜を縛りつけてはだめだ。

ソフィアは窓を開け放った。

雲はなく、星と月が輝いている。これなら明日も晴れるだろう。

「休んだら、どこでも好きなところに行くといいよ」

小さな家で飼われるより、大空の下を飛び回ったほうがいいに決まっている。今ならもとの群れにだって帰れるかもしれない。帰る場所があるなら、そこへ向かうべきだ。

「わたしもう休むから……ばいばい」

きょとんとする竜を置いて、ソフィアは二階の自室に向かった。

手にはまだ竜を撫でたときのぬくもりが残っていてなんだか名残惜しい気持ちになる。

「それにしても百万リーコかあ……」

ベッドに潜り込んでつぶやく。

こんな大きな買い物、後にも先にもないだろう。

待ってもらっている支払いのことはこれから考えよう。節約生活には慣れているから、きっとなんとかなるはずだ。なかばやけくそで自分に言い聞かせた。

「地下になにか……売れるものが……」

まとまったお金を作るための策を練っているうちに、気づけば眠ってしまっていた。


——温かい。

心地いいぬくもりに体が包まれている。

「ん……」

まぶたの裏が白んでいる。ああ、もう朝か。

けれどこんな温かな目覚めは久しぶりだ。

もう少しだけ、今日は寝坊してしまいたい。

ソフィアはまどろみの中、寝返りを打とうとするが――。

「……ん？」

体が動かないことに気づいて目を開けた。

なにかがおかしい。

意識が覚醒してきて、自分のお腹のあたりを見て、血の気が引いた。

誰かの腕が、後ろからがっしりと、自分の身体を抱きしめている。

もちろん、寝入ったときにはひとりだった。そもそもひとり暮らしのこの家にほかの誰かがいるはずもない。

「んー……」

背後から寝ぼけたような声が聞こえ、腕の力が強くなる。

ぎこちない動きでおそるおそる後ろを振り返って、あんぐりと口を開けてしまう。

真後ろで見ず知らずの男が眠っていたから。――そしてその男が、不審人物だということを忘れるくらい美しかったからだ。

眠っていたのは長身の青年だった。足先がベッドからにょきりとはみ出している。身体を丸めて、ソフィアはその中にすっぽりと閉じ込められていた。

長い髪はまるで銀糸みたいにきらきらと朝陽に輝いて、髪と同じ色の長い睫毛《まつげ》が、透けるように白い肌に影を落としている。すっと通った鼻筋をたどると、形の良い薄い唇が微かに開いて寝息を立てている。

白いシンプルなシャツの胸元がだらしなく開いていて、そこから覗く鎖骨が妖艶だった。まるで見てはいけないものを見た気がして、慌てて視線を逸らす。

（……いや、わたしが遠慮する必要ないよね？　おかしいのはこの人だよね⁉）

我が物顔で眠る男は、紛れもない不届き者のはず。だがその浮世離れした美貌に立場を忘れそうになる。

一体この状況はなんなのか。途方に暮れていると、男がうっすらと目を開けた。

「もう朝か……？」

寝起きで掠れた声は低く、鷹揚《おうよう》な響きには、まるで悪びれた様子がない。

男の視線がソフィアを捕らえれば、ふたたび目を奪われた。

その瞳はどこまでも深く、冷たくも美しい紅。

男の姿が、態度が、纏《まと》うオーラがただ者ではない。どぎまぎしていると、整いすぎて冷ややかな印象だった相貌が、ぱっと笑顔になる。

「ソフィア、おはよう！」

「え、あ、おはようございます……？」

あまりに友好的な態度に、一瞬親しい仲なのかと錯覚する。

「はあ……ソフィアの匂い、落ち着く……」

男が耳元に顔を寄せ、髪の香りを嗅いでいる。口元はへにゃりと緩んで、枕に頭を乗せ直している。

「さあソフィア、一緒に朝寝を貪ろうではないか」

すんすんすんすん。

きらめく笑顔で言われようが、ずっと耳元で鼻息を荒くされては台無しだった。

「い、いや――――っ!!」

ソフィアは渾身の力を振り絞って、男をベッドから押しのける。

「で、出て行ってよ！」

「なぜだ？」

どすんと腰から床へ落ちた男は、けろりとしてまたベッドに戻ってくる。

「ソフィア……」

「ひいっ」

伸ばされた手をかわしてベッドから飛び出ると、棚に置いてあった木製のすりこぎを手にした。工房で使っているものだが、手入れをしようと自室に持ってきていたのだ。長いこと使っても壊れないだけあって、とても丈夫である。

ソフィアの上腕くらいの長さがあるそれを、剣のように男へと構えた。

「ち、近づかないで！　近づいたらこれでぶつ！」

「まあ落ち着けソフィア。朝寝がいやなら朝食にしよう」

制止したにもかかわらず、男はすたすたとこちらに近づいてくる。

「ソフィ――」

「い、いやああっっ!!」

緊張感が一気に高まり、気づけばすりこぎを振り上げていた。

――ごっ。

鈍い音がして、男の額にそれが命中する。

「あ、あ……」

ごとりと音を立ててすりこぎが手から落ちる。

（人を殴っちゃった……）

ソフィアはその場にへたり込んだ。

「ご、ごめんなさ……」

青くなるソフィアへ男が目線を合わせてしゃがみこむ。

「気にするな。痛くなどない。へろへろの棒だ、避けるほうが手間と思っただけのこと」

「……へ？　で、でもさすがに擦り傷ぐらいはついたんじゃ……」

へなちょことはいえ、確かに当たった感触はしたのだ。

「気になるか？」

男は前髪を上げて見せてくる。

打撃を受けた部分は痛々しく赤く腫れていた。

それがみるみるうちに元通りの真っ白な肌に戻っていく。

「え……？」

「竜人はもともと治癒能力が高い。こんな擦り傷、ないのと同じだ」

りゅうじん。

普段聞くことのない言葉が、彼の耳の上から生えている黒いツノを見てやっと、「竜人」だとわかった。

黒曜石のような艶を放ち、天へと湾曲しながら生えている立派なツノ。それは人間ではないことの証だ。

人間と竜、両方の特性を合わせ持つ竜人という種族。存在は知っていたけれど、実際にこうして会うのははじめてだった。

誇り高い竜人族はほとんど自国から出ることはなく、同じ種族、そして竜と共に暮らしていると聞く。

上位階級のみ、他種族の同じような階級のものたちと交流があるらしい。人間の国で彼らと会ったことがあるのは社交界に身を置く貴族たちだけだろう。

もちろん平民であるソフィアには接点なんてあるはずもない。

「え、だから、あの……だ、誰？」

目の前の男が竜人ということはわかったが、なぜ自分の隣で我が物顔で寝ていたのか。

大事なのはそっちの事情だ。

男は微笑むと、ソフィアを抱き上げる。

「わっ」

「いつまでも床に座っているな」

細い腕には意外にしっかりと筋肉がついており、抱き上げる手つきには危なげがない。

ふわりとベッドに下ろされた。と思った瞬間、男が覆い被さってくる。

「俺は……リントだ。歳は二十五、見ての通りの超絶美青年だ。よろしく頼む」

「り、リント……？　いやだから誰……」

「本当に俺がわからないか？　——昨日ソフィアに買われた竜だ」

「……あっ!?」

リントの右側のツノは、中程からぽっきりと折れている。あの子竜と同じだ。プラチナの輝きを放つ細い髪は鱗によく似ていて、深紅の瞳にも見覚えがある。

なにより、目を逸らせなくなるような美しさが一緒だった。

「つまり……昨日の子竜はあなたが化けていたってこと？」

「そうだ」

竜人がまさか、竜の姿と人型を使い分けられるなんて知らなかった。

「昨日のポトフはうまかった。腹が減ってどうにも動けなかったのだ。助かった、礼を言おう」

おまけにソフィアと子竜しか知らないはずのことを言われてしまえば、もう信じるしかない。

「わかった、あなたが昨日の竜だって認める……それはそれとして、どいてくれない？」

ぐったりとしていた竜が元気に動けるようになったのはよかった。しかし、それはそれだ。ベッドに押し倒される理由にはならない。

「断る」

リントは口元に微笑みを浮かべたまま、そこから動こうとしない。

「せっかく買ってもらったんだ。落札価格の分はたっぷり役に立とうじゃないか」

言うなり、ソフィアの首筋を指先でそっとなぞる。

「ひ、んっ」

肌の表面すれすれを触られて、思わずひきつった声が出た。

指先はそのまま下へたどっていき、鎖骨の間を通る。

「昨日の服は窮屈そうだった。こちらのほうがいいな」

そこでやっと自分が寝衣だったことを思い出す。

「ここを締めつけるのは苦しいだろう」

指先がソフィアの胸に触れた。

ふに、と指を押しつけられ、それが柔らかな丘に沈んでいく。

動くときに邪魔でしかたないからいつもはしっかりとさらしを巻いているのだが、寝るときにはゆるい下着しかつけていないのがあだになった。

リントはつつくのをやめると、その柔らかさを楽しむように、下から手で包み込んで持ち上げる。

「ああ、柔らかくて気持ちがいい。寝ているときにもこれが腕に当たって最高だった」

それは勝手に腕を腰に巻きつけていたからだろう。はっと我に返り、リントの手を払いのける。

「離して！」

「すまない。ソフィアを気持ちよくさせるつもりが、俺ばかりが気持ちよくなってしまったな」

「頼んでないですけど⁉」

謝るなら、勝手に体を触ったことのほうを謝ってほしい。

（さっきから思ってたけど、この人……っていうかこの竜人、全然話が通じない！）

会話がかみ合っている気がしないのは、リントが信じられないほどマイペースだからだ。

「ソフィアを気持ちよくする以外、俺にできることはないのだ」

リントは悲しげに眉を下げる。

「俺はこの通りすかんぴん。持ち合わせているのはこの美貌のみ」

「それ、自分で言うんだ……」

確かにリントは美しい。今まで会ったどんな人よりも綺麗で、目が離せなくなる。

でも普通そういうのは思っていても自分で言わないのではないだろうか。

「正しいことを言ってなにがいけない？」

「いけなくはないけど……」

「だからソフィアも存分に俺の美しさを愛でるといい。ここに触りたかったのだろう？」

手がツノへと導かれる。昨晩そっと触ったことはバレていたらしい。

「ご、ごめん。そういうつもりじゃ」

「なにを謝ることがある。美しいものに触れたいと思うのは当然のこと」

そのまま手は下へと誘導されて、銀の髪を梳く。

無造作な長髪は、さらさらとなめらかで指通りがよかった。

指はさらに下へと向かい、はだけた胸元へ——。

「も、もういいっ。いいからっ」

怪しい動きに慌てて手を振りほどいた。

リントはきょとんと首を傾げる。

「まどろっこしいのは苦手か？　もうこっちを見たいのか」

ごそごそと下衣をくつろげようとするものだから、さらに慌ててしまう。

「な、なんで脱ごうとするのっ!?」

「竜人の性器を見たいのかと……」

「そんな変態じゃありません!!」

とんでもない濡れ衣だ。

一体自分のどこにそんな——出会って間もない男性の性器を見たがる素振りがあったというのか。

「いいのか？　——竜人の性器は、すごいぞ」

「へ？」

「気にならないのか？」

耳元で低く囁かれ、うなじがぞくりと粟立《あわだ》った。

（すごいって、一体なにが？）

わざわざそんなふうに言うということは、人間と違うということだろうか。

竜に変化することだってできる種族だ。性器が変わっていたとしてもおかしくはない。

それがどんな様子なのかソフィアにはおよそ想像もつかないけれど。

ソフィアが見たことがあるのは、書物の人体図に描かれたソレだけ。人間の男性器だって実際に見たことはない。

「きっとソフィアも気にいると思うがな」

「は……」

性器に気にいるもいらないもあるのだろうか。

気になる。ものすごく、気になる。

ソフィアの好奇心がめらめらと燃えさかる。

けれど――。

「絶対に脱がなくていいから！」

人として、そして乙女として。越えてはいけない大事な一線は守った。

それはきっと、好奇心を理由に踏み込むのは許されない領域だ。

「まあ、いきなりというのも風情がないな」

リントはソフィアの強い拒否に、とりあえずは下衣から手を離した。

「そんなことよりいつ出て行くつもり？　わたし、昨日言ったよね。好きなところに行きなさいって」

「言った。だから好きなところにいるまで」

「え？」

「俺はソフィアの近くがいい。ここがソフィアのいる場所だというなら、俺もここに住もう」

宣言に開いた口が塞がらない。

「ど、どうして⁉　あなた竜人なんでしょ、だったら国に帰るなりすれば……」

「言ったろう。落札価格の分は役に立つと」

「だから頼んでないんですけど……」

そんなふうに気を回すくらいなら、一緒のベッドで寝るなどという奇行は控えて欲しかった。

「俺はソフィアの優しさにひどく感動した。お前のような女と添い遂げたいと思ったのだ」

「はあ……」

「好きな女の役に立ちたいといじらしいことを言っているのだ。聞き入れてくれてもいいではないか」

その押しの強さはとてもいじらしいとは思えない。ソフィアは頭を抱えてしまう。

「俺にできることはこの美しさと手技でソフィアをヨくしてやることだけ――」

そう言って手を伸ばしてくる。これでは堂々巡りだ。

治癒のことを聞いたから、今度は遠慮なくぺちんと手を払いのける。

「ソフィアは俺に出て行って欲しいのか……?」

リントは態度を一変させ、切れ長の紅い瞳をうるりと潤ませた。

声はなんだか媚びるように弱々しい。

まるで捨て犬みたいな表情に罪悪感がちくちくと刺激される。

「出て行ってほしいというか……なんというか……」

「俺はここを追われたら行く当てがないのだ。くわえてこの美しさ。俺を捕まえて慰み者にしようとしていた好色ばばあにまた捕まってしまう」

「どういうこと？　だれかに追われていたの?」

問えば、弱々しく首肯する。

「でも、わかった。ソフィアが俺を必要としないのならしかたない。ツノが折られて力も半減してしまったからな。反撃することもできず捕まって、きっとこの体は好き勝手されるだろうが……」

「……贅沢はできないけど、いい?」

リントがあんまりかわいそうな様子だったから、ついそう聞いていた。

くすんくすんと鼻を鳴らしていたリントは、一転してぱっと笑顔を見せる。

「ソフィアのそばにいられるなら、なんでもいいぞ！」

殊勝な言葉に少しだけ嬉しいだなんて感じてしまった。

（そんなふうに言われたらかわいいって思っちゃうから、ずるい）

客人にするようなもてなしはできないが、本人がそれで問題ないなら拒む必要もないかと気を取り直す。

行きずりの竜人がひとり増えるくらい、きっと、なんてことない。

第二章　百万リーコの同居人

まぶたの裏が白んで、外からは小鳥のさえずりが聞こえる。

もうすっかり朝だということはわかっているのに、眠りから浮上できない。

ぬるい湯にどっぷりと浸かっているような重い心地よさが目覚めを妨げる。

「ん……」

太ももの内側に微かな刺激を感じる。

下から上になぞられて、秘めたところに近づいたかと思えば、また離れていく。

何度もそれを繰り返されるうちに、鼻にかかった声が漏れた。

「ソフィア、好きだ……」

そっと囁かれて、うなじには柔らかくて熱いものが触れる。

ちうと吸われ、それが唇だと理解した瞬間、ソフィアは覚醒した。

「は、離れてよっ!!」

ぬくもりの正体――ソフィアに抱きついて寝ていたリントを引き剝がすと慌ててベッドから抜け出す。

身体をまさぐっていたのも、もちろんリントのしわざだった。

「今度やったら、別の部屋で寝てもらうからね!!」

いまだ目をつぶっているリントに向かって叫ぶと、形の良い唇がむにゃ、と返事だか寝言だかわからない声を発した。

抱きしめるだけなら許したのに。ソフィアは髪を結いながら考える。あんなに心地のいい睡眠は今までになかった。

結婚もしていない男女が同じベッドで寝るなんて非常識だとわかっているけれど、駄々をこねるリントに早々に根負けしてしまった。

リントは儚げで妖艶な美しさに反して、中身はまるで子どもか、よくなついた犬のようだ。

それでつい、警戒心が薄れてしまうのだ。

そのまま犬のようにしつけられてくれればいいのだが、手癖の悪さは何度言っても改められない。敏感なところに触れられるといやでも声が出てしまって、そうなるとおちおち寝てもいられない。

「さて、リントが起きないうちにやっちゃいますか」

赤みの強い茶髪を片側で三つ編みに垂らし、胸にさらしをきつく巻くと着慣れた動きやすいワンピースに着替え階下に降りた。

床の隠し扉を持ち上げると地下へと続く階段が現れる。薄暗く、先はほとんど見えない。少しだけほこりっぽい冷たい空気が上がってくる。

外から見た限りではこぢんまりとした二階建ての家なのだが、この家の地下は広く、いくつかの部屋に分かれている。薬の材料は温度に左右されない暗所で保存するのが一番良く、そのためにもうけられた場所だ。

ソフィアは危なげない足取りで進むと、本棚の前で足を止める。薬のほかに、普段使わないものもすべて地下に保管しているのだ。

本棚から適当に一冊を手に取りパラパラとめくった。

「うん、問題なさそう」

しばらく虫干しをサボってしまっていた。ページがボロボロになっていたらどうしようと思ったのだが杞憂だったらしい。

ここにあるものは、家そのものも含めてすべて、師匠から譲り受けたものだ。

ソフィアの師匠、ウルスラは偉大な薬師だった。

見た目はしわくちゃで小さな老婆だったけれど、薬を作る腕は国随一と謳《うた》われ、行脚《あんぎゃ》すれば彼女の去った村に病はないと言われていた。

その晩年の弟子がソフィアなのだ。

譲り受けたのは家屋や薬草だけではない。数々の薬の作り方や、生きるための知恵。孤児だったソフィアがこうして自立して暮らしていく上でのすべてを彼女から継いでいる。

ただ、大切に育ててきた薬草畑だけは火事で失うことになった。

材料がないことには薬が作れない。市場に行けば薬草を扱う店もあるのだが、一般の店には流通しない、薬師にしか扱えないものも多い。闇オークションでそれを手に入れるつもりだったのだが、リントを落札してそれどころではなくなってしまった。

「ソフィア～」

階上からどこか頼りなげな声が聞こえる。

ソフィアは手近にあった本をいくつか抱えると、階段を上った。

「ソフィア！」

頭を覗かせると、キョロキョロしていたリントがぱっと笑顔になる。

「ソフィ――」

「危ないから近づかないで。足にでも落ちたら痛いよ」

治癒能力の高い竜人といえど痛覚はあるに決まっている。抱えていた本はどれも辞典のように分厚く、表紙は丈夫な木製だ。

抱きつこうとしてきたリントを制するとあっさり本を取られた。それも、片腕で。

「うん、確かに重いな」

色素が薄く細身の彼はどこか弱々しく感じて、つい子どもに言い含めるようにしてしまう。けれどリントは見た目よりよほど筋力があるらしい。

(だから抱きつかれてもなかなか離れられないんだよね……)

「ソフィアこそ大丈夫か？　これを抱えて階段を上るのは骨が折れたろう」

「慣れてるから平気」

「今度から俺がかわりに行ってやろう」

「いらない」

あっさり断るとリントは口を尖らせる。世話焼きは必要ない。頼るのは、苦手だ。

「それより、着るならちゃんと着てよ、服」

リントのシャツはボタンが半分ほど開け放たれ、白い肌がしどけなく晒されている。

「身なりを整える暇もなかったのだ。せっかくソフィアの寝顔を堪能しようとしたら、いないのだから」

リントはふたたび口を尖らせる。

「ひとりで起きてしまうなんて寂しいではないか」

「わたしの寝顔なんて見たってどうしようもないでしょ」

「かわいいものを見たいのは当然だろう」

「かわいいって……」

言われ慣れていない言葉に、どう返答すればいいのかわからない。

「む、綺麗のほうが良かったか？　それが女心というものか」

「い、いやいや。リントみたいに綺麗な顔の人から言われても、説得力ないんだけど……」

「それはおかしい。確かに俺はとても美しいが、だからといって、それがソフィアの魅力に影響を与えるわけではない。俺は非の打ち所がないほど美しく、ソフィアは劣らずかわいらしいというだけだ」

リントはいたって真面目に続ける。

「太陽の下では赤が強くなるこの髪は秘めた情熱の炎のようで、俺は好きだ。瞳もいい。翡翠《ひすい》のように落ち着いた緑は理知的で、ソフィアによく似合っている」

「あ、ありがと……」

ここまで真正面から褒められると、さすがに照れてしまう。

「ソフィアはもっと自分の美しさを誇るといい。身体のシルエットも隠しているのはもったいないぞ。思い切って胸の開いたドレスを着たほうが、つぶしてしまうより映えるだろう」

「そうかな……胸なんて邪魔なだけだけど」

さらしを巻かないと肩が凝るし、薬を作っているときには揺れて集中力を削ぐ。

「いいや、誇るべきだ。なにより、とても気持ちがいい。寝入るときに触れていると、安らかに入眠できる」

「……待って、寝入るとき？　触ったって？」

「そうだが」

そうだが、じゃないんだが。

触るのを許可した覚えはないんだがっ！

あまりに悪びれない様子に口をパクパクさせていると、リントはさらに言葉を続ける。

「ソフィアを起こすほど激しくしたつもりはない。現に気づかなかったろう？」

「そ、そういう問題じゃ……」

「目の前に好いた女の胸があるのに、どうして我慢できる？　むしろ褒めて欲しい」

「……呆れた」

開き直る様子に怒るのも無駄な気がしてしまう。

彼の言う「好き」は綿菓子のように軽くて、もちろん本気になんてしていない。

けれどまあ敵意がないならそれでいいかと思えてくる。

言動に理解できないところは多々あるけれど、一応、心の底から嫌がっていることはしてこないのだ。

「それとも、本当はふたりで気持ちよくなりたかったか？」

リントがおもむろに下衣に手をかける。

「まだ見せていなかったものな。竜人の性──」

「こらっ！　朝からこんなところで脱ごうとしない！」

おろしかけていた下衣を、ぎゅんっと上に引っ張り上げる。居間でそんなものを露出されたらたまらない。

「しかし、朝から本なんて持ち出してどうした？」

下衣を整えながら、リントは机の上に積んだ本を見やる。

「売ろうと思って整理していたの」

「売る？　ずいぶん年季の入った本だ。大切に保管していたものではないのか」

「そうだよ、大切なもの。師匠の本だから」

これらはウルスラ自身が記した本だ。写しは他の薬師の手にも渡っているが、原本は正真正銘、ここにしかない。

大薬師ウルスラの直筆本とあれば食いついて高値をつけてくれるマニアはきっと多い。

「大切なものなのに売るのか？」

「わたしは内容を全部覚えているから。それに本当に大切なのは形じゃないんだよ」

一番大事なのはなによりもまず生き延びること。

形あるものはいつかなくなる。そんなものに固執するより、生きてその先へゆくのが大切なのだ。これはウルスラから継いだ、薬の知識以上に大切な教えだ。

だからソフィアはあまりものにこだわらない。生き延びるという最低限のことに比べたら、ほとんどの問題は些末《さまつ》なことだ。

「今はなにより、まずまとまったお金がほしいからね」

当面の生活費、そしてリントを競り落とした代金は早急に用意する必要がある。

「薬草があれば薬を作って売れるから、家中のものを売り払わなくても済むんだけど……」

「俺を売ればいい」

リントはあっさりと言い放つ。

「正直、百万リーコはずいぶん安値だと思っていた。俺だぞ？　もっといい値がつく」

「……すごい自信」

「国内では足がつくなら、直接港に持っていけばいい。竜を見たことのない他国の金持ちならもっと高値で買い取るだろう。海を越えれば密猟を取り締まる法も力を失う」

「ねえ、冗談でもそういうこと言わないで」

ソフィアは声の調子を落とす。

「たしかにあなたを競り落としたのは事故だったたし、後先考えてなかった。でも、後悔なんて全然してない。せっかく繋がった命なんだから、もっと大事に考えてよ。出て行くのは勝手だけどさ」

自分を粗末にするような発言は戯言だとしても聞きたくなかった。助かったことは一緒に喜びたいと思うのだ。

「悪かった」

リントの声は、はじめて真剣な色を帯びていた。

「ソフィアの気持ちを無下にするつもりはなかった。ただ、好いた女の足手まといになるつもりもない。もしお前が本当に困っているなら、と思いつきで軽口をたたいた。すまなかったな」

(なんだ、ちゃんと話せばわかるんだ)

リントが心から反省していることが伝わってくる。話が通じないと思っていたけれど、真剣な気持ちは汲んでくれるようだ。

「わかってくれてよかった。わたし、あなたを面倒に思っているわけじゃないんだよ。しばらくは節約生活になると思うけど、それでいいなら、気の済むまでここにいたらいいよ」

「ソフィア……!」

リントは感極まったように目を潤ませると、勢いよく抱きついてくる。

「なんて優しい娘だ! さすがは俺が愛したソフィア! 俺は心苦しい……なにかお前の役に立ちたい」

「うん、ありが……」

背中にまわった手がだんだんと下へおりてくる。

腰のあたりをなで回す手つきがなんだか怪しい。

「俺にできるのはやはりお前を気持ちよくしてやることだけなのだ。ベッドへいこう、ソフィア。天国を見せてやるからな」

なんだか話が堂々巡りをしている気がする。これではらちがあかない。

「……掃除。そうだ、掃除をお願いしようかな！」

なにか他に仕事を与えないと、ずっとまとわりついてきそうだ。

ソフィアはリントを引き剝がすと、ほうきを押しつける。

「これは……」

リントは握らされたほうきをまじまじと見つめる。

「もしかして、これを……こうか？」

右手は順手、左手は逆手というちぐはぐな持ち方で柄を握ると、床を軽く撫でる。ふわりとほこりが舞った。

「おお！」

リントは目を輝かせる。

「こうしてゴミを集めるというわけか。なるほどな」

「ほうき、使ったことないの？」

「遠目で見たことはある」

掃除をしたことがないどころか、近くでほうきを見るのもはじめてだなんて、一体どんな生活をしていたのだろうか。

「見てくれソフィア。なかなか様になっているだろう」

（まあ、いいか）

はしゃぎながらも真面目に掃除をするリントに思わず笑ってしまう。奇妙なきっかけではあったけれど、こんな同居人も悪くはないかと、そう思えた。

◇

森の中にぽつんと建っているこの家はとても静かだ。葉が風でこすれるざわめきだけがあたりに響く中、リントは藁《わら》葺《ぶ》き屋根に横たわり夜空に瞬く星を眺める。

真下ではソフィアはすっかり寝入っていることだろう。

──わたし、ソフィアっていうの。あなたをわたしの家に連れて行くね。

「……ふ」

子をあやすような優しい声音が思い出されて、思わず口元が緩んだ。

「まさか俺が人間の娘に助けられるとはな」

故郷の者が知ったら腰を抜かすかもしれない。

竜人国の次期王、リントヴァーン・ノイ・フランヴァルムが町はずれの小さな家でかくまわれているなど。

右のツノに触れると、折れ口のざらりとした感触が指先に伝わってくる。

オークションなんかに出品されたあの日、自分はひどく消耗していた。

王の崩御後、この機を待っていたかのように暗躍をはじめたのが王妹ヒルダだった。

リントの叔母にあたるヒルダは、次期王の座を自らの息子へと与えるために王位継承権の上位者の命を狙い始めたのだ。

しつこい追っ手を撒くために国外へ逃げたのはいいものの、油断したところでツノを折られてしまった。

竜人の特殊な力を蓄えるツノがなければ、ろくに力を使えない。治癒の遅い身体を休めているところを運悪くオークションの仲介者に捕まってしまったのだった。

きっとほどなくして衰弱して死ぬだろう。もしくは売りさばくために殺される。そのどちらかだと、ぼんやりとした頭で覚悟していた。

それも、まあいいか。

どうせもう国に戻るつもりもない。

元より王位には興味がない。竜人の力など、なくてせいせいする。

そんなことを自嘲気味に考えていた。

追っ手は自分の首を取るまで諦めないだろう。アレはそういう女だ。これから先、安寧がないのなら、もう終わってしまっても構わない。

けれどあの女の計略のままに死ぬのはごめんだ。せめて姿を消した自分の影に一生怯え続ければいい。だからこんな最期ならちょうどいい。まさか人間に殺されているとは、種族の力にたいへんなプライドを持つ竜人には想像もできないだろうから。

そう捨て鉢になっていたのに。

——大変だったね。うちでは柔らかい寝床くらいは用意できるから。

自分を競り落としたのは、収集癖のある貴族でも、脂ぎった商人でもなかった。

財力なんてまるでなさそうな町娘だ。利発そうな顔をしていて、欲のまま竜を欲しがるようにはとても見えない。

彼女が自分を連れ帰った理由はただの優しさなのだとすぐにわかった。

損得勘定のできない頭でもあるまいに、そんなものは度外視で弱々しい生き物を助け、二人きりの帰り道ずっと話し掛けてくれていた。

「あの声は……沁みた」

目も開けられないほど憔悴《しょうすい》した身体にじんわりと染み込んで、他の誰も信じられないと思っていたかたくななな心を温かく溶かしてくれた。

籠の中でゆらゆらと揺られながら聞いていたあの声を思い出すたび、くすぐったいような気持ちになってつい笑みがこぼれてしまう。

「さて、来たな」

リントは身体を起こした。

こんな夜更けに、近づいてくる足音は二つ。歩幅が大きい。どちらも健康な男のものだ。竜人は人間と比べて遥かに耳がいい。誰もいない一本道をこちらに向かってくる足音など、数百メートル先から聞き分けることができる。

「——しかしこんなへんぴな場所に本当に値打ち物なんてあるのかねえ」

「間違いない。ここは元々ウルスラっていう偉い薬師が住んでた家だ。地下にはたっぷりお宝をしまいこんでるって話だ」

「なんだ、俺の追っ手じゃないのか」

話しながら無防備に歩いてきた男たちは、するはずのない声にびくりと身体を硬直させる。そして声の主を探してきょろきょろとあたりを見回した。

「上だ、上」

誘導してやると、やっと月を背にするリントの姿を見つけ、はっと息を呑んだ。

「どうした、俺の美しさに言葉もないか。お前たちのような下等な人間でも美を理解する頭はあるらしいな」

　ふわりと飛び降りて男たちの前に着地すれば、まるで化け物でも見るかのように怯えた目つきで後ずさりされた。

　やはりどちらも若い男だ。黒髪の男と、長い茶髪の男。

（ツノは……もちろんないな）

　油断しきった足音と、話し声。自分への追っ手ならもっと存在を消して近づいてくるはず。つまり――。

「このっ！」

　いつの間にか後ろにまわっていた長髪の男が、扉の横に積んであった薪《まき》で殴りかかってくる。

　鈍い音がして、衝撃で少しぐらついた。

「こいつも捕まえて男娼館にでも売ろうぜ」

「お、おい……」

「それはいい考えだ。俺ならすぐに一番人気になるだろうな」

　薪を持つ手をぎりぎりと締め上げる。

　殴られた傷はすぐに塞がった。

「な、なんで……」

反動をつけて突き飛ばすと、男は積み上がっていた薪に身体ごと突っ込んでいく。

「俺のしなやかな腕ではこんなことできないと思ったか？　さて……」

「ひいっ」

黒髪の男に向き直ると、引きつった声を上げた。

「俺の追っ手でないとすると……狙いはソフィアか」

「うぐぅっ」

股間を掴み上げると、男の顔面は蒼白になる。

「悪さができないように潰しておこうか」

「ま、待ってください！　ソフィアって誰ですか!?　俺たちはただ、ここには金目のものがたくさんあるって聞いて」

「ただのケチな泥棒ということか。ふうん……」

「本当です。信じてください!!」

股間から手を離すと、男は安堵して脱力する。すかさず腕をひねり上げた。

「どちらにせよ、ソフィアの大切なものを侵しにきていることに変わりはない。そうだな？」

「ま、待って……！」

リントの声は怒りを含み、すっと冷ややかなものになる。

「待たない」

血のように深く紅い瞳は冷たい光を放ち、痛みでうずくまった男を見下ろす。

「お前たちは俺の一番大切なものを傷つけようとした。それなりの覚悟はあってのことだろうな」

「し、知らなかったんです……！」

「それで許されるとでも？」

さらに腕をきつくひねり上げると、男は苦しげな声でうめく。

「も、もうしません。絶対しません！　二度とこの家には近付きません!!」

「……まあ、朝起きて知らない人間の骸《むくろ》が落ちていたらソフィアも気分が悪いか」

手を離すと、男は這いずってリントから距離を取る。

「そっちの伸びてるのはどうしてやろうか」

「ひっ、お、俺も同じです。二度としません!!」

「この場所は忘れることだな」

男たちは腰を抜かしながら元来た道を走って去って行く。

「……まあいいか」

自分の追っ手に居場所がばれたのなら少し面倒だったが、あのくらいのちんぴらなら追い払うことになんの問題もない。

リントは小さな家を振り返った。

ソフィアが暮らす、ソフィアが大事に守っている家。

ここが、自分にとっても帰るところなのだ。

その事実が楽しくて、口元が緩んだ。

利発なくせに損得勘定が下手で。正しく在ろうと考える前に身体が勝手に動いてしまう清廉な心を持っていて。優しくて、かわいくて。

——そんなソフィアに恋をした。

本当は戯れのような告白ではなくて、情熱的な愛の言葉を囁いて、今すぐにでも自分のものにしてしまいたい。

「まあ手加減をしつつ、だな」

ソフィアの様子を見ていると、恋愛に疎いことは一目瞭然だった。老師と住んだ時間が長かったからか、若い娘の持つ色恋沙汰への機微に乏しいのだ。関心があるのは薬のことばかりで、まるで自分には恋なんて関係がないとすら思っていそうだ。

その無防備なところがかわいくもあるのだが。

「俺の魅力をもってすれば、きっとソフィアも虜になるさ」

リントは楽観的に笑った。

自分を好きにさせてみせる。そして彼女をすべての脅威から守ってやる。

はじめは自分が助けられた。だから次からは自分が助ける番だ。

故郷を捨て、新しくはじめる人生の指針が好きな女を守ることだとは、なんて素晴らしいのだろう。

「さて、戻るか」

帰ろう。小さな寝台へ。ソフィアの——愛する人のいる場所へ。

かわいい寝顔が待っているから。

◇

リントと暮らして一週間ほどが経った。

「ソフィア、掃除が終わったぞ」

「地下の貯蔵庫が散らかっていたから片付けておいた」

「ソフィア見てくれ！　花型のクッキーを焼いてみた」

ほうきすら握ったことのなかったリントはめきめきと家事の腕を上げている。

もともと器用な性格なのだろう。のほほんとして見えたけれど、相当要領がよくないとこうはいかないはずだ。

クッキーの真ん中にはドライチェリーがのっていて、ソフィアの好みに合わせて甘さは控えめ。食べ始めるともう一枚、とつい手が伸びる。

「おいしい……」

「そうだろう！」

ぽろりとこぼれたつぶやきにリントが得意げな顔をする。

はじめは整いすぎた容姿に戸惑ったものだけれど。食卓でふたり向かいあって座るのにはやっと慣れた。

独り言に返事があるのにも慣れてきている自分がいる。

そのことが、少しだけ不安になる。

ひとりで築いてきた生活がこんなにも簡単に形を変えて、それが——以前より心地のいいものだなんて。

「風が強いな」

リントが窓の外を見やる。

木の枝がしなるほど強く揺れ、枯葉が飛んでいる。

「早めに風呂を用意するか」

「あ、わたしが……」

「いい、座っていろ。火の扱いなら絶対に俺のほうが上手い」

どういうわけか風呂も厨《くりや》も、リントはやけに火を用意するのが早いのだ。

リントはさっさと部屋を出て行ってしまう。

ソフィアの役に立ちたい、というのがリントの口癖だったけれど、それはもう充分に達成されている。

自分が一手に担っていた仕事を代わりにこなされ、こうして自分の時間ができる。

自分の時間、というのもおかしな話だ。ひとりで暮らしていたときはすべてが自分の時間だったのだから。

彼との生活で、確実にふたりの時間というものが生まれた。

それは食事のときだったり、寝る前のベッドの中、リントのちょっかいに対する攻防戦だったり、他愛ない会話だったり。

——楽しい。

そう認めざるを得ないくらい、誰かとの生活は彩りに満ちている。

(誰か、か……)

不特定多数の誰かではない。リントだから、こんなに楽しい。それももう認めるしかないだろう。

要領はいいのにどこか世間知らずで天然。不埒な手つきは、しかし自分を傷つけようとはしない。

ソフィアの役に立ちたいとあの端整な顔を甘く緩ませて——。

「だめ、なんだか調子が狂う……」

ぽっかりと空いた自分の時間には、つい考え事をしてしまう。

この生活に慣れるわけにはいかない。

だって、その先には――。

ウルスラが逝ってしまったときのことを思い出して胸が痛んだ。

ふたりがひとりになる。部屋の中は陽が射し込んでもなんだか寒々しくて、食事も味気ない。それはずっとひとりだったら知らなかった感覚だ。

ふたりに慣れたから、ひとりが寂しい。だったらもう、慣れたくない。

ガタガタと窓がひときわ大きく鳴った。

風はますます強くなっている。まだ夕方だというのにどんよりと暗い空を見て、ぶるりと背筋が震えた。

「湯浴み、早く終わらせよう……」

階段を上り、自室の扉を開けると、

「おお、ソフィア。一緒に入るか」

一糸まとわぬ姿のリントが、いた。

「え、な、なんっ」

「先に湯浴みを済まそうかと準備をしていたのだが」

「――ご、ごご、ごめんっ」

慌てて扉を閉めて、上ってきたばかりの階段を駆け下りる。

時間にしてわずか数秒。けれど、その光景はしっかりと目に焼き付いている。

細身の身体にはしっかりと筋肉がついており、白い肌に流れる銀髪がまぶしい。

そして、下腹部の翳りは髪よりも少し暗い銀色だった。

そこからぶら下がっていたのは――。

思い出しそうになって、慌ててぶんぶんと頭を振る。けれど、駄目だった。一度脳裏に焼き付いた映像はしっかりと記憶されて離れない。

銀色の茂みから突出したリントの秘めた部分。それだけはすぐにでも忘れなくてはいけないのに。

「あ、はは……」

恥ずかしい気持ちをごまかすように、乾いた笑いを漏らす。

――竜人の性器は、すごいぞ。

彼はそう言っていたけれど。

「意外と、普通……？」

たしかに、大きかった。一瞬見ただけでそれが立派なものだとはわかったけれど、医学書で見た人体図のそれと、形自体は特に変わりなく思えた。

どこかほっとしたような、拍子抜けしたような。

「ソフィア」

後ろから声をかけられてびくりと肩が跳ねる。

「な、ななな、なにっ⁉」

事故とはいえ裸を見て、さらにはそれを思い出して残念などと、身勝手な感想を抱いてしまった。

「ごめん、本当にごめんなさい」

「別にいい。なんならもっとしっかり見せてやろう。隠すものでもない」

「結構です！　あと、隠すものだと思うよ……」

リントは露ほども気にしていない様子だった。少しくらい恥じらいを持ってほしいところではある。

窓にはぽつぽつと雨粒が垂れている。ガラスを打つ水の音に、心臓の音が速くなった。

「っ……！　わたし、湯浴みを済ませてくるね」

「慌てないほうがいいぞ。転ぶと危ない」

雨はそのまま止むことなく、さらに勢いを増して降り続けた。

寝支度をすっかり終え、早々にベッドへ潜り込んだソフィアは上掛けをきつく身体に巻きつける。

半刻ほど経ったけれど寝つけそうにない。寝よう寝ようと思うほど、雨が窓や木の葉に打ちつける音が気になってしかたがなくなる。

そのうちがたがたと震えが止まらなくなってしまった。

「ソフィア、どうした？」

背後からとっくに寝入ったと思っていたリントの声がする。

「ご、ごめん、起こしちゃった？　気にしないで」

努めて明るい声を出したつもりが、わずかに震えてしまう。

「具合でも悪いのか？」

「違うの……雨が怖くて」

ごまかせる気がしなくて、正直に白状した。

「増水を案じているのか？　心配するな、近くの川までは距離がある。このくらいの雨ならここまで被害は及ばんよ」

「そうじゃなくて……雨の音が怖いの」

この音で思い出すのはとてつもない孤独感だ。

三年前、師が亡くなった夜も、しとしとと雨が降り続いていた。

いつかは訪れるとわかっていた別れではあった。

ウルスラはソフィアを弟子に取ったときにはすでに相当老齢であった。

だから口を酸っぱくして、自分は先にいなくなる、それまでに必要なことはかじりついて覚えろと言い含めた。

それに納得していたつもりだった。

孤児だった経験から、誰でもいつかは独りになるとよくわかっていた。それを悲しむより、ひとりで生きていけるだけの知恵を身につけることがなにより大事だと。

けれどウルスラと過ごした十年で、少しだけその当たり前が崩れていた。

だから別れはとてもつらいものだった。

最初から最後までずっとひとりだったら感じることのなかった、失う悲しさを思い切り味わってしまった。

雨は嫌いだ。雨が怖い。

この音は、孤独を運んでくる音だ。

「ソフィア……」

「触らないで！」

がたがたと震えながら、伸ばされた手を拒絶した。

「お願い、今日は客間で寝て。今はひとりになりたいの」

「怖いのにどうしてわざわざひとりになる？」

「慣れたく……ないの」

怖いときに縋る手がある。そんな毎日を当たり前にしたくなかった。

その手をまた失ったときに、立っていられない気がして。

身につけた孤独に耐えるすべを、全部失ってしまいそうで。

「断る」

上掛けごと、ふわりと後ろから抱きしめられる。

その温かさに、震えが少しだけおさまった。

「愛する女が震えているのを放っておくだなんて、いくらソフィアの頼みとあっても聞けないな」

「いやなの。頼りたくないの。ひとりで耐えられるって、ちゃんと確かめたいの」

「必要ない。これからずっと、ソフィアが苦しいときに、俺はソフィアをひとりにしない」

そんなの嘘。

言い返したいのに、上手くいかない。いつもはあんなにへらへらとして、どっちが年上かわからないくらいなのに。どうしてこんなときリントの声は頼りになるんだろう。

どうして、大きな胸に背中を預けてしまいたくなるんだろう。

「ソフィア、五感は記憶ととても結びつきやすい。音がなにかの感情を思い起こすきっかけになったからといって、それを恥じる必要はどこにもない」

「でも、いやだよ……雨くらいなんでもないって笑い飛ばしたい。いちいち天気に怯える毎日はもうやめたいの……」

「では俺が協力してやろうか？」

「え――」

いきなり耳の縁を湿ったものがなぞった。

「ひぁっ！」

喉の奥から、空気を絡めた甘い声が漏れる。

「な、なにするの!?」

「今の記憶がつらいなら、別の記憶で上書きすればいい――たとえば、気持ちいいという記憶に」

耳朶《じだ》を食《は》まれ、先ほどと同じく舌を這わされる。舌先でくすぐるように刺激されると、うなじのあたりがぞくぞくと粟立つ。

「や、やめてってば！」

慌てて振り向くと、リントとまともに正面から顔を合わせることになる。

細められた紅い瞳に、どきりと胸が高鳴った。

まるで愛おしいものを見るような慈愛に満ちた瞳。とろりと甘いイチゴジャムみたいに、少し潤んだそれがしっかりと自分を映している。

いたずらやからかいの類いではない。その目を見ればすぐにわかった。

「ソフィアはがんばっているんだな」

「え……」

「そうやって怖いと思うものにずっとひとりで立ち向かってきたんだろう。俺はそんなソフィアを気高く、美しいと思う。だからこそ、手助けしたいのだ」

低く響く声が耳に心地いい。

「俺の手などいらんと突っぱねるだろうが、手を貸すことを許してはくれないか。お前は強いが、そのなかに脆《もろ》い部分を秘めている。脆さは弱さだとは思わんよ。けれど立ち向かうばかりでは疲れてしまうだろう。羽を休める止まり木があれば、いくらかお前も楽になると思うのだ——なあ、ソフィア。俺に身体を委ねてくれないか」

「っ……！」

せき止めていたものが決壊した音がした。

きっと、ずっと誰かに寄りかかりたかった。

怖さや寂しさを受け止めてくれる誰かに。

「リント……」

声が詰まって震える。

彼が隣にいてくれてこんなにも安心してしまっている自分がいる。

涙で潤む目を隠すように、リントの胸元にそっと額を寄せた。

それだけでリントはこちらの意図を汲んでくれたようだった。

「ソフィア」

甘やかな声とともに、つむじのあたりに軽いキスが何度も落とされる。

わざとリップ音を立てたそれは、まるで子どもをあやすみたいで。

ソフィアがおずおずと顔を上げると、今度は額にもキスが降ってくる。

「……目、赤くなってたら恥ずかしい」

「なにも見えないさ。惜しいことだが」

たしかに星明かりもない夜だ。互いの姿は薄ぼんやりとしか見えない。リントの姿も、その輪郭は薄闇に溶けて曖昧だった。

それでも睫毛にたまった涙にそっと唇を寄せられて、自分の泣き顔はしっかりと見えていたのだとわかる。

知らない振りをしてくれた彼の優しさがくすぐったかった。

「ん……」

耳に触れられるとそわそわと落ち着かない気持ちになり、出すつもりのなかった甘い声が微かに漏れる。

「ソフィアは耳が弱いらしい」

笑い混じりの声のあとキスは耳へと移動する。

ちゅっ、ちゅっ、と軽やかなリップ音がさらに近く感じる。

「んっ、ふ……っ、ふふっ、やだ、くすぐったい……」

身体をよじらせると、足を絡めてがっちりと捕まえられた。

「こら、逃げてはだめだ。どんどん気持ちよくなってくるから」

ふたたび耳の縁を食まれ、今度は耳の凹凸をなぞるようにじっとりと舌を這わされる。

「あっ……ん」

漏れ出たのは今までと比べものにならないくらい甘い声で、驚いて手で口を塞いだ。

「恥ずかしがるな。これからもっと聞かせてもらうのだから」

「だ、だって、なんだか、変な……」

「変なんかじゃない」

片手で両手首を固定され、口を塞ぐものがなくなる。

もう片方の手がするりと腰を撫でたと思った瞬間、今度は耳孔にリントの舌がねじ込まれる。

「ふぁ……っ！」

口を閉じる余裕なんてなかった。

空気を含ませたじゅぶじゅぶという音が直接頭の中に響いて、脳内がじんと痺れる。

腰を撫でていた手はさらに下へと向かい、寝衣の上から尻を丸く撫でる。

リントの手が身体を通り過ぎるたび、そこからじわじわと体温が上がっていく。

「あ、あぁっ、や……ぁっ」

雨の音も、自分の声も、耳孔を侵す舌の動きが蓋になってなにも聞こえない。

もどかしげに身体をくねらせているとリントはそっと囁く。

「くすぐったいところが、ちゃんと気持ちよくなったろう?」

身体の奥が火を灯されたかのように熱くくすぶっている。

気づけば助けを求めてリントのシャツをきつく握りしめていた。

「期待しているのか?　かわいいな」

リントはソフィアに覆い被さると寝衣の前をくつろげていく。

「ああ、見えないのが本当に惜しい」

「わたしは見えなくて良かったたって思ってるけど……」

上掛けの中では互いの身体は闇に溶けている。

肌を晒すなんて恥ずかしいこと、正気でできるはずがない。

今だって視認できないからかろうじて耐えているだけ。

着ていたものをすべて取り払われてしまって、もし見えていたらまともに向き合ってはいられない。

それでも、リントはじっとソフィアの身体を見下ろす。

あの紅い瞳が暗闇の先にある自分の肌を見ているのだと思うと、身体の熱がぐんと上がった気がした。

「……まさか、竜人って夜目がきくんじゃ」

「だったら良かったが。あいにく、竜の姿のときにしか夜目はきかない」

助かった、とほっと胸をなで下ろす。

「けれど、見えないからこそ、手に触れる感触がより鮮明にソフィアの姿を伝えてくれる」

熱い手のひらが鎖骨のあたりに置かれた。

「しっとりとして吸いついてくるような肌だ」

そしてソフィアの大きな膨らみをやわやわと揉みはじめる。

「や……っ」

「ああ、柔らかい。俺の手からも溢れるくらいだ」

「んっ」

「これを邪魔だと言っていたがとんでもない。これほど魅力的だというのに」

もどかしいくらいに優しい手つきで膨らみがふにふにと形を変える。

時折、胸の突起を手のひらが掠め、そのたびに先がじんと痺れる。

そうされているうちにお腹の奥がきゅうっと疼くことに気づいた。中途半端な刺激を持て余しているうちに疼きは大きくなっていく。

「な、なんで、こんな……っ」

焦らされているようで、恨みがましい目を向けてしまう。

「ああ、すまないな。待たせすぎたか？　ソフィアはこういうことに不慣れだろうから怖がらせまいと思っていたのだが、反対にいじめてしまったようだな」

もどかしい刺激は自分のため。それが嬉しくて、心臓が切なくなる。

目の前の美しい人は今、自分を大切にしてくれている。

壊れ物に触れるように、傷つけないように、それだけを考えてくれている。

リントにならば、触れられてもいい。

自然とそう思っている自分がいた。

「かわいそうに。ここもこんなに硬くして。待ちわびていたのだな」

「きゃんっ」

両方の胸の突起を突然きゅっと摘まみ上げられる。

「ん、その声は痛くはないらしいな」

「や、ま、待っ」

くりくりと糸を撚《よ》るように指先をすりあわされて甘い痺れが広がっていく。

「ひぁんっ」

「相当焦れていたらしい。ここを触っただけでソフィアの身体がびくびくと跳ねる」

「だ、だって……ぁんっ」

自分の身体なのに操縦がきかない。

ソフィアの意思など関係なく、突起をつねられれば腰が跳ね、乳房に押し込まれると足先に力が入る。

「もっとかわいがってやろうな」

言うなり、リントの顔が胸に埋められる。

唾液を絡ませた舌を巻きつけるようにして胸の飾りをちゅうっと吸われ、びりびりと痺れる快感がそこから全身に広がっていく。

「やぁっ」

首を振り、悩ましげな声が漏れた。

「っ、なんか、へん……っ」

きつく吸われるたび、頭の中が白む。

戸惑いと快感が同時に襲いかかってきて頭の整理が追いつかない。

なにかに縋りたくてさまよう手を、リントの肩へと優しく誘導された。

「ここにつかまっていろ」

ソフィアはただこくこくと頷くばかりだ。

リントは満足げに笑うと、片手をそっと秘所に伸ばした。

「ああ、こっちも焦れてしかたなかっただろう」

閉じた花びらに指を這わされるとくちゅんと粘ついた水音がした。

雨のそれとは違う、確かな質量のある音。それが自分の身体から漏れたものだと理解して、かっと顔が熱くなる。

「や、だ、だって、そんな……っ」

ソフィアは、男女の営みに無知なわけではない。

薬師という職業柄、知識としてはそれがどんなものなのか理解している。子をもうけるための行為は、男女が互いの愛を確かめ、ときに快楽にふけるためという側面があることも知っている。

けれどそれらはすべて、教本に書いてある知識を覚えただけのこと。自分が体験するのとは天と地ほどの差がある。

女性の身体が快感を覚えると秘所から愛液を分泌することだって知っていた。

それが自分事となるとこんなに恥ずかしいということは、知らなかったけれど。

「こんなに感じていたんだな、ソフィア。もっと早くに触ってやれば良かった」

「いや……違うの……」

口ではいくら否定しても身体が証明してしまうからそれが羞恥を煽ってしかたない。

秘裂の浅いところをかき混ぜられ、じゅぶじゅぶと蜜が溢れ出る。

まだなにも受け入れたことのない秘唇はなにかを期待してぷっくりと膨れていた。

「あ、ああ……っ」

そこをなぞられるだけで、たまらない気持ちになって、腰がくねった。

「待ちきれないか？　しかしすぐに入れてやるわけにはいかないな。ソフィアに痛い思いはさせたくない」

リントはソフィアの足を大きく割ると、蜜に濡れた指でそっと秘裂の上部を開く。

「さて、こちらの準備はどうなっている？」

うっすらとした茂みを引っ張り上げると、隠れていた花芽が顔を覗かせる。

敏感なその芽に、滑りの良くなった指先がそっと触れた。

「あぁっ！」

閃光のような衝撃が身体に走り、腰がびくびくと震えた。

「や、なに、今の……っ」

「ああ、やはり。愛らしいな。こちらも膨れて、俺の指を待ち望んでいたか」

リントが二本の指先で小さな尖りをこねる。

ひっかいてみたかと思えば挟んで潰す。そのどれもがやわやわともどかしいくらいの手つきなのに、まるで神経に直接作用しているような激しい衝撃が何度もソフィアの中で弾けた。

「やあっ、あんっ、あ、あっ、だめぇぇ」

これられるたび身体の奥でうっすらと灯っていた炎が勢いを増していく。

その熱に身体を明け渡してしまいそうになる。

「待って、だめっ、だめなの……ぉ」

「ソフィア、感じるままにしていろ。身体はこんなに喜んでいる。気持ちもそれに正直になるといい」

溢れた蜜が敷布に大きな染みを作っている。

小さなしこりは彼の指を喜び、触れられればきゅうきゅうとお腹の奥を疼かせる。

足にはとっくに力が入らず、だらしなく開いたままになっていた。

刺激に合わせて目の前がちかちかと白く飛びそうになり、どこか高みへと上らされていく錯覚に陥る。

「ソフィア、かわいい声をもっと聞かせてくれ。お前を絶頂へ誘いたい」

「や、無理……っ」

行為に伴う、絶頂という現象。

これだけは本を読んでもよく理解できなかった。

意識が飛ぶこともあるとか、この世のものとは思えないほどの快感の波に呑まれるだとか。

思考すら手放しそうな頭に、詰め込んでおいた知識がよぎる。こればかりは、本の知識があだになった。

「も、やだっ、怖いよ……ぉ」

それを体験したら、自分が自分でなくなるようなそんな気がして。中途半端に知っていることが余計に恐怖心を煽った。

涙混じりの声でリントに抱きつく。

一瞬虚を衝かれたリントはそれを優しく抱きしめ返してくる。

「……いや、そうか。ふふ」

「な、なんで笑って……！」

「すまない、嬉しくてな。ソフィアがこんなに素直に甘えてくれるのが」

肩で息をしているとその背をとんとんと優しく叩かれる。

快楽と恐怖でなかばパニックになっていたソフィアだったが、だんだんと呼吸が整ってくる。

「ソフィアはこういうことははじめてだろう。だから外側を刺激するのがイきやすいだろうと思ったんだが……ここでやめると、お前がつらいだろう」

呼吸は落ち着いてきたとはいえ、お腹の奥でくすぶる炎はおさまる気配がない。

もぞりと足を動かすたびに、秘所が刺激されて、もどかしい微細な快感を感じ取ってしまう。

「俺を頼ってくれたんだ。最後までちゃんと責任を持つさ。だからそんな不安そうな顔をするな」

そう言って微笑むリントがとても大人に見えた。

歳は三つしか違わないはずなのに、まるで世の中の酸いも甘いもすべて味わってきたようなそんな余裕のある表情。思えば、普段の彼は子どもじみていたけれど、いつも余裕があって泰然としていた。自分の知らないところでリントは壮絶な経験をしているのでは。そんなことをふと思うくらいに。

「ソフィア、怖かったら俺の背に爪を立てろ」

「で、できないよ。こんな綺麗な肌に……」

「竜人の治癒力は人間と桁違いと言ったろう？　気にせずどんどんひっかくといい」

言うなり、隘路にリントの中指が入りこんでくる。

「っ……！」

ソフィアは思わずリントの背中にしがみついた。

「そう、その調子だ」

指はなにかを探るようにゆっくりと蜜路をかき分けていく。

はじめて異物を受け入れたそこを押し開いて上下に擦り、内壁の襞を撫でさする。

内部をじっくりと改められる感覚にぶわっと汗が噴き出してくる。

「もう一本、いけるか？」

指が二本に増やされるが、ほぐされたからか今度は最初ほどの息苦しさは感じなかった。

じっとりと湿った路をばらばらに探られると、花芽を弄られたのとは違う快感が身体の奥からせり上がってくる。

「ソフィアの中はとても熱いな。指が溶かされそうだ」

「う、んん……っ」

ばらばらに動いていた指を揃えると、今度は内壁を同時にひっかくように刺激される。

「や、な、なんか、それ……っ」

お腹側のある一点を擦られると、思わず腰が浮いた。

「ん、ここか」

見つけた一点のみをゆっくりと押し上げられる。

激しい動きではないのに、そうされるたび目の前が白んでどこまでも深く沈んでいきそうな錯覚に陥る。

「ひ、ぅ……っ!!」

花芽をこねられているときは無理矢理高みに上らされそうな快感だった。けれどこっちは深くてぬるいどろりとした快感の海に沈められるような。

「は、ぁ、はぁ……っ」

「ソフィアはまず快感に慣れることからだな。身体は準備ができているのに、心のほうがそれを拒んでいる。理性がなくなるくらいに気持ちよくなれば、きっとすぐ高みにいける」

「や、そんな……っ」

とんでもない荒療治な気がするのは気のせいだろうか。

「後悔はさせない。きっとだ」

リントの唇が、ソフィアの言葉を塞ぐ。

まるで食べられてしまいそうな深い口づけを落とされる。

「ん……っ！」

ぐり、と強く蜜壁を擦られて、開いた唇から相手の舌が潜り込んでくる。

熱くぬめるそれはソフィアの口内をじっとりとなぶっていく。歯列をなぞり、驚いて引っ込めてしまったソフィアの舌をくすぐる。

そうされると思考が白く鈍った。

（ああ、気持ちいい――……）

舌を絡め合うと素直にそう思えた。気づけば、誘うように動く相手の舌に、自分のそれを絡めていた。

慣れなくてたどたどしくしか動かせないのがもどかしい。リントの長い舌は簡単に自分のを撫で、翻弄していくのに。

「ん、ん、ふぅ……っ」

口の端から透明な液が流れるのももう気にならなかった。

内壁をこする指の動きもさらに大胆になる。

ゆっくりと押すばかりだったのが、ばらばらに、リズムをつけてノックされる。

「ふぁ、は……ぁんっ！」

「いいな、その甘い声。たまらない」

蜜路は切ないくらいに狭まって、リントの指を締めつける。

丸く円を描いて刺激されると、下肢に力が入って視界が白く反転しそうだ。どろどろと甘い痺れが全身に回ってじっとしていられなくなる。

「はぁっ、や、らぁ……っ」

「ソフィア、俺を信じろ。きっと気持ちいいところに連れていってやろう」

「あ、んっ！　あ、も、あ、あ――っ!!」

内壁をぎゅうっと強く押し上げられ、一瞬、息が止まった。

目の前も頭の中も真っ白になりちかちかと星が飛ぶ。

身体は大きくしなり、四肢がぴんと張り詰めた。

――これが、絶頂。

それは、本で知ったのよりも何倍も激しくて——そして気持ちが良かった。

「っ、はぁっ、はっ……」

頂上から引き戻され、ソフィアはくたりと敷布に身体を預ける。

「上手にイけたな。ソフィアの声はとても扇情的だった」

「ん……」

褒められたのがなんだか面映ゆい。

リントはソフィアの手を導くとそっと自分の中心に触れさせる。

下衣を押し上げるそこは熱く、硬くなって存在を主張していた。

「ソフィアの声も匂いも俺をたまらない気持ちにさせる。もっとソフィアを感じたい……だめか？」

いつの間にか、リントの目の光は炎を宿したようにギラギラと光っていた。欲情しているのだ。自分がこの美しい瞳に火を灯したのかと思うと胸が高鳴った。

「いいよ、リント」

彼を受け入れたい。そう思った。

くたりと投げ出した腕に自然と力が戻ってくる。

そっと差し伸ばして、柔らかな銀髪を梳く。それはしっとりと汗で湿っていた。

ふわりと香ったリントの汗の匂いに、彼との距離がもどかしくなる。

「リント……」

広い背中に手を回し、肩に頬を寄せる。熱いくらいの温度にリントの高ぶりを感じた。

リントが下衣をくつろげ、腿には熱い猛りが触れた。

「あ……」

「どうした?」

ふと、思い出した。

竜人の性器はすごいぞ、というリントの言葉。

平常時の姿は間違って見てしまったけれど、猛った今はどうなっているんだろう。

そう思ってまた気持ちが怖気づく。

いざ自分がそれを受け入れるとなると、少し怖い。

さっきがあんまり気持ちよかったから。

これ以上気持ちよくされてしまったらどうしよう。快感に果てはないのだろうかと不安になる。

「りゅ、竜人の性器ってその……」

ちらりと目線を下にやるが、上掛けの中は相変わらず真っ暗でどうなっているのかはわからない。ただ焦れたように何度も、腿には弾力のある塊が擦りつけられる。

それだけでソフィアの内側は歓喜してひくりと震えた。

「なに、案ずるな。今日は人間と同じ性器しか使わない。ソフィアを怖がらせるようなことはしないと言ったろう。ゆっくりと慣れていけばいい」

強引に添い寝するいつもの様子とは全く違う、余裕のある笑み。自分をまるごと受け入れてくれる態度に、不安で波立っていた心が凪《な》いでいく。

「ここは俺を受け入れてくれる準備は充分なようだな」

切っ先が閉じた花びらに押し当てられる。

わずかな隙間からこぽりと蜜が溢れ出た。

リントはそれを猛りに絡める。

「ソフィア」

掠れた声で名を呼ばれ、応じる間もなく唇が塞がれる。

少しだけ強引に入ってきた舌が口内で抽送を繰り返す。

食べられてしまいそうなキスにリントも余裕がないのだと知る。そんな態度が愛おしくて、柔らかな髪に指を絡ませた。

「んっ、ふ……ぅ」

キスに集中していると下肢の余計な力が抜けていく。

そのタイミングで、押し当てられていた猛りがぐっと隘路を割り入ってくる。

「ん、あぁっ」

ぐずぐずに熟れ、ほぐされたそこは痛みこそ感じなかったけれど、大きすぎる質量に思わず顔をしかめた。

内臓を押し上げられるような異物感。それが狭いところを押し広げながらゆっくりと進んでくる。

「は、あ……っ」

「ソフィア、息を止めるな。大きく呼吸をするんだ」

「ん、っ、くるし……」

同時に、言い知れないぞくぞくとしたものがお腹の奥から湧き上がる。

熱いものが内壁をぬらぬらとこすり上げていくと、本当に身体の中にリントを受け入れたのだと実感する。

「熱い、おかしくなりそ……っ」

「なればいい。どんなに乱れても俺が受け止める」

「リント……っ」

引き絞った声で呼ぶと、止まっていたリントの猛りがぴくりと震えた。一層大きさを増したそれに思わず腰が震える。

「あっ、や……ぁ」

進むことも引くこともしない熱塊がもどかしい。

蜜路はさらに奥へと誘うようにひくひくと打ち震えている。

「ソフィア、すまない、これ以上ゆっくりするのは無理そうだ」

「う、え……」

なにが、と聞こうとした瞬間、ずくりと最奥まで貫かれる。

「ひ、あぁ——っ！」

奥壁に切っ先がこつりとあたり、隘路はさらに狭まった。

「っ、はぁ……っ、お前のナカはたまらないな、ソフィア。絡みついて、離すまいと絞りとってくる」

「やっ、ああっ、そ……っ、だめぇっ」

微細な動きで奥をくじられると、腰がとろけてしまいそうになる。

触れたところから甘くて痺れる快感が下肢に広がり、意味もなく足をばたつかせた。

「ああ、ソフィア、お前の嬌声をずっと聞いていたい。もっとかわいい声を聞かせてくれ」

「ひ、んっ、んぁっ、あ、あ、ああっ」

熱杭が中程まで引き抜かれ、また奥を突き上げる。ひたすらに甘い衝撃がびりびりと身体中を巡っていく。

声は、もう抑えることなんて不可能だった。

ただ翻弄されるがまま、鼻にかかった嬌声が漏れ続ける。

大きな手が胸を掴みぐにぐにと揉みしだかれる。少々乱暴な手つきにさらに熱が上がっていくようだった。

「リント、っ、あ……ぁっ、それ、っ」

「もっと呼んでくれ、ソフィア。俺の名前を」

胸の先で存在を主張する飾りをきゅうっと引っ張り上げられる。身体のどこに、これ以上の快感を受け入れる隙があったのだろう。頭の中はますます白んでなにも考えられなくなる。

「リント、リント……っ！」

うわごとのように彼の名を呼べば、それに応えて熱杭がナカを穿つ。

目の前に星が飛ぶ。

まただ。

また、絶頂が近い。

今度はもう恐怖はなかった。ただ、早くそこにたどり着きたくてリントをきつく抱きしめる。

「や、ぁ、もう……っ‼」

「ああ、イけ。存分に」

大きく腰を引かれ、ガツリと最奥壁をえぐられる。

「ふ、あああぁぁぁ――――っ!!」

今度の絶頂は深く落ちていくようなそれだった。

一瞬ふわりと身体が浮いた錯覚があり、それからぬるい湯に沈むように快感の波に呑まれる。

「ん、はっ、は……ぁっ」

痙攣《けいれん》が続く間、リントはずっと柔らかくソフィアを抱きしめていた。

どこまでも落ちていく快感が、だから怖くはなかった。

「――くっ」

隘路から突然怒張が引き抜かれ、太ももに熱い飛沫がかかる。

リントも果てたのだ。ぼんやりとした頭でそう思った。

「ああ、すまない。身体にかかってしまったな……」

謝る必要はない。だって一緒に気持ちよくなれたことは、とても嬉しいことだと思うから。

言葉にしたいのに、敷布に沈み込んだ身体が重くて、ろれつが回らない。

「リント……」

瞼まで重くなってくる。

彼の名を呼ぶのだけで精一杯だった。

リントはそっとソフィアの髪に指を絡ませて撫でた。

「身体は綺麗にしておくから、安心して眠るといい」

頭を撫でる優しい手つきを感じてとろりと甘い眠りの世界に身を任せる。

雨の音が遠くから聞こえた。

しとしとと葉を打つ音を優しいと感じたのははじめてだった。

一定のリズムで窓を叩く微かな音がこんなに静謐で美しいだなんて。

――そしてソフィアは久方ぶりに、雨の夜、深い眠りに落ちたのだった。

◇

柔らかな日差しと微かな風が気持ちのいい午後、リントは大きなもみの木がそびえる丘へとやってきていた。

ソフィアの家はトロリエの西側に位置しているが、ここは賑やかな市街地を挟んで東側のはずれにあたる。険しい山のそびえる西部と違って、こちらは小高い丘が続く比較的なだらかな土地だ。

木は丘のてっぺんに鎮座しており、そこからは市場を行き交う人波が色とりどりの豆粒のように見えた。

何年経ってもここは変わらない。リントは木の根に腰を下ろして、頭上に生い茂るもみを懐かしげに眺めた。

しばらくすると草を踏む足音が斜面を登ってこちらに近づいてくる。

「嘘でしょ……本当にいた」

「おお来たな、レイ」

丘を登ってきた少年がリントの姿を見て呆然とつぶやく。

あんぐりと口を開けているのは、レイルーク。リントの従弟だった。

十六歳にしては少し幼い印象を与えるのは、瞳が大きくつぶらだからだろう。小作りな鼻や口もその印象を強めていた。美しいというよりかわいいと形容したほうがしっくりくる。そんな中性的な外見の美少年だ。

紅い瞳もさらさらの銀髪もリントのそれと同じ色だが、髪が自然に短く切りそろえられているのは女の子に間違えられないためだ。本人が童顔なのを気にしていることはよく知っている。

数年ぶりに会ったがまだ髪を伸ばしていないところを見ると、そのコンプレックスは現役のようだ。

この場所は、幼いふたりの待ち合わせの場所だった。

自国ではまわりの目があって息が詰まるから、竜人の国をこっそりと抜け出してここで落ち合うのがいつしか習慣になっていた。

どちらかが抜け出せないときは木に手紙をくくりつけて残した。

国内ではふたりの間に秘密を持つことなんて不可能だったから、大人たちに知られたくない秘密の会話は国外で手紙のやりとりをするというまどろっこしい方法で成立していたのだ。

そんな遊びも、リントがまつりごとに関わるようになってからは、忙しくて数年間中断していた。

しかし久しぶりにレイと連絡を取るために、数日前、この木に手紙を結んでおいたのだった。

「童心に返ったようで面白かったな」

「お、面白いわけあるかー!!」

レイの怒号が飛ぶ。

「僕がどれだけあんたのこと捜したと思ってるんですか! 国中を隅々捜しても見つからないし、いちかばちかで昔の待ち合わせ場所に来てみたらふざけた手紙があるしっ!」

「ふざけてない」

「ふざけてるでしょう!? なんなんですか、薬草を持ってこいって」

「必要だから使いを頼んだだけのことだ」

「言うべきことがもっとあるでしょう!?　今どうしてるとか、無事だとかそうでないとか」

ぶつぶつ言いながらレイは薬草をリントの足元に放る。

「よく手に入ったな。市場には出回らないと聞いたが」

「典医《てんい》のところから拝借してきたんですよ」

もちろん内緒で、だろう。

「いたずらっ子め」

「誰のせいですか！　あんたの居場所がばれちゃ困ると思ってこっちはしかたなく……」

レイの小言が長引きそうな気配を察してリントは立ち上がった。

「ご苦労だった。ではな」

「ちょ、ちょっと待ってください。なに颯爽《さっそう》と去ろうとしてるんですか」

「俺は忙しい。このあとも家事をしなくては」

「火事……？　とにかく、僕と一緒に帰ってもらいますからね」

「いやだ」

「い、いやとかじゃないでしょう！　あなたは竜人国の次期国王なんですよ!?」

泣き出しそうなレイを横目にリントはつまらなそうにあさっての方向へ視線を投げる。

「玉座はお前にくれてやる。とにかく俺は戻らない」

「本気で言ってるんですか!?　そんなこと許されるはずが……」

「逆に聞きたいが、俺に本気で戻れと言っているのか？　あの女のいる国に、この折れたツノで？」

「それは……」

レイはちらりとリントのツノに視線をやると気まずそうにうつむいてしまう。

リントの漆黒のツノは相変わらず右側だけ折れたままだ。

いくら治癒能力の高い竜人族といえど、ツノはあとから生えてくる類いのものではない。

「見ろ、この姿を」

リントはその場でくるりと回って見せる。

白い靄《もや》に包まれたかと思うと、両手に乗るほどの子竜へと一瞬で姿を変えた。

「だ、ださ……」

レイが絶句して頬を引きつらせるものだから、もう一度回って人間の姿に戻る。

「かわいいと言え」

「ださいにもほどがありますって！　なんですか、その弱っちい姿！」

変化後の姿は普通、年齢に準ずる。リントは成人しているから、これまでは竜の姿も成人したあとのものだった。しかし力を蓄える器官をごっそり失ってしまったことで、変化後も中途半端な姿になってしまったのだ。

「リント兄の竜の姿はもっと雄々しくて、凜々しくて、王家を象徴するような美しさだったのに……」

「なに、この姿も悪くはない。ツノも玉座もお前の母親にくれてやるさ」

「……ごめんなさい……母上が」

「ヒルダのしでかしたことはすべてヒルダの責任だ。お前が罪悪感を覚える必要はない」

レイの母こそが、王位のためにリントを殺そうと画策するヒルダなのだ。レイはうつむいて黙ってしまう。

竜人国の国王、つまりリントの父親が崩御したのが一ヶ月ほど前のことだ。

リントは王太子として宮殿で教育を受け、まつりごとにも関わってきた。直系の嫡子であるリントが戴冠式を待って竜人国の次期国王となるのは、誰もが周知の事実だったはず。

それをよしとしなかったのが、国王の妹ヒルダだ。

ヒルダは自らの息子レイルークを国王とすべく、王位継承権の上位者の命を取ろうと、密かに自分の息が掛かったものたちへ命じたのだ。

「まあ、俺も油断していた。ヒルダがこれほど実力行使に出てくるとは」

「……僕も驚いています」

「それほど本気なのだろうということはよくわかった。だから、お前に譲ると言っているのだ。ヒルダの息子であるお前が王になれば、すべて丸く収まる話」

「そんな……国民は納得しませんよ！　僕だっていやだ……リント兄が王になること、僕が一番期待してるのに。あなた以上の適任者なんて今の竜人国にいるはずありません」

「しかしこれ以上王家の内輪揉めで血を流すわけにもいくまい。叔父貴の話を聞いたか。どうやら毒で伏せっているらしい。これもヒルダの差し金だ」

「えっ、叔父貴まで⁉」

「な、本気だろう」

　レイは顔を青くする。

　王位継承権は一位がリント、二位が竜王の弟であるドミニクだ。ふたりの叔父であるドミニクはとっくの昔に人間の姫君と結婚して、今は国を出ている。竜人国に戻るつもりなどさらさらないはずだ。それなのにわざわざ命を狙いに行くということは、継承者はすべて消し炭にしないと気が済まないらしい。

「僕は親類同士が殺し合う様子なんか見たくない……お願いですから、戻って来てください。リント兄が玉座にさえついてしまえば、母上の目もきっと覚めるはずですから……！」

「悪いな。俺は国を見限った」

「母上のせいで、ですか？」

「いや、多分……ずっと前から」

「え？」

「それに、今はもっと大切なものがある」

リントは真面目に思案にふけっていた顔をふにゃりと気の抜けた笑みに変える。

「大切なものって？」

「ソフィアだ」

「……ソフィアって誰だよ!!」

レイの悲痛な叫びを残して、リントは子竜の姿になると、薬草をくわえて空へと飛び立った。

第三章　来訪者は竜少年

売るためという名目ではじめたウルスラの所蔵品の整理は、当初の予定よりもはかどっていた。やはり人手が二倍だと仕事も二倍進むものだ。ソフィアはいそいそと空いた薬棚を水拭きする。

売らずにとっておくものも、毎日の薬師の仕事に追われて手入れが行き届いていなかったから、これを機に地下をぴかぴかにしてしまおうという作戦だ。

「ソフィアー、高いところや重いものを運ぶ必要があればすぐに呼ぶんだぞ」

となりの部屋からリントの呼びかけが聞こえる。

リントには異国語で書かれた本の整理を頼んでいた。掃除のやり方は知らなかったリントだが、意外なことに他言語は理解できるらしい。昔少し勉強したことがあるだけ、と言っていたがその知識の幅には驚かされた。ソフィアは言語のほうは勉強したことがないから、ありがたくお願いすることにしたのだ。

（それに、近くにいたくないし……）

リントに生返事をしながら踏み台を上る。棚の一番上の埃も拭き上げてしまいたい。

あれから――あの雨の夜から、自分はおかしい。

リントが隣で寝てくれるとひどく安心する。反面、慣れたと思ったはずのリントが側にいると、なんだかそわそわと落ち着かなくなってしまう。

近づいて欲しいのか、離れて欲しいのか。自分でもよくわからないのだが、彼の姿を目にすると心臓がきゅっと締めつけられる。

不調を訴える身体に困惑して、だからなるべくリントを視界に入れないように過ごしているのだ。

棚の奥まで手を伸ばしたとき、踏み台がミシッと不穏な音を立てた。

「へ……うわっ」

続いてバキバキと木の割れる音がして足元が抜ける。バランスを崩して盛大に尻もちをついてしまった。

「いたた……」

どうやらしばらく使っていなかった踏み台は脆くなっていたらしい。幸いなことにたいした高さがなかったから、ひどい怪我はしていないようだ。したたかに打った尻だけがじんじんと鈍い痛みを訴えている。

「ソフィア、大丈夫か⁉」

尻をさすっていると隣室からリントが慌てて飛んでくる。

真剣な顔で抱き起こされて顔を覗き込まれると、そちらのほうがよほど身体に悪いと思ってしまう。

間近で見るリントの顔、それも真面目な顔は信じられないくらい綺麗で。

深紅の瞳に、うろたえた顔の自分が映っている。

心臓がばくばくと速いし、顔は熱でもあるかのように赤い。一体、どうしてしまったんだろう。まるで良くない病気にかかったみたいだ。

「ソフィア？　話せないほど痛いのか⁉」

「ち、違うよ」

リントの胸を押して距離を取る。もうぶつけたところの痛みは気にならなくなっていた。

「遠慮しないで呼べと言ったのに。ソフィアのかわいい尻にあざができてしまったらどうする」

かわいい、という言葉に反応してぶわっと汗が噴き出す。

（お、落ち着かないと。かわいいって言われたのはわたしのお尻！　わたし自身じゃないの）

そもそも人の尻について言及するなと一喝すべきではないのか。そんなことを考えてもごもごしているとリントが首を傾げる。

「ソフィア……顔が赤いな」

「っ……！」

「どうしてだ」

「し、しらな……」

不思議そうだった顔がにんまりと満足げな笑みに変わる。

「もしかして、俺を意識しているのか？」

「～っ!!」

口をぱくぱくさせるばかりで気の利いた言葉なんて出てこない。

――だって、図星なのだから。

あの日から、雨が怖くなくなった。それはリントが優しく癒やしてくれたから。嫌な記憶に上書きしてしまえ、という彼の提案はこれ以上ないほどに成功した。

まるで魔法のように悩みを解決してしまった彼のことを、意識するなというほうが無理な話だ。

「耳まで赤くなった。かわいいな」

「なっ」

「普段のソフィアもいいが、そうして縮こまっているのも小動物みたいでいい。どっちも大好きだ」

「や、やめて」

耐えかねて耳を塞いでそっぽを向く。

好きだなんて、一番だめだ。

以前は「はいはい」と聞き流していた言葉に、こんなに心をかき乱されるなんて。

心臓がきゅうっと狭まって、なんて答えていいのかわからなくなる。

そんな様子を見てリントは吹き出す。

「そううろたえるな。取って食ったりはしないのだから」

頭の上にぽんと優しく手を置かれる。

「これから先もずっと一緒にいるんだ。ゆっくり慣れていけばいい」

急かすことをしないリントの態度に安堵する。

ソフィア自身、急に振れ幅の大きくなった自分の感情に戸惑うばかりだから。

古い薬のレシピを読み解くように自分の気持ちにもゆっくり向き合っていこう——とりあえずは、この大掃除が終わってからでも。難しい問題はいったん横によけておくことにした。

(でも、これから先もずっと一緒……か)

ったかった。

「どうした、笑って」

「ううん、なんでもない」

リントはこのふたり暮らしを続けるつもりなのだ。そのことがなんだか嬉しくてくすぐったかった。

「そうだ、これを」

一度休憩を取ろうと階上へ戻ると、リントが懐から紙の包みを取り出した。

「え……どうしたのこれ⁉」

そこに入っていたのは、ソフィアが闇オークションに参加してまでも手に入れたかった解毒の薬草だった。保存状態がとてもよく、細い茎の先に連なった何枚もの丸い葉には欠けも見当たらない。

「こんなにたくさん……」

「たまたま手に入ったものだ。役立ててくれ」

「こ、こんな貴重なものもらえないよ」

「なぜだ。俺が持っていてもしかたのないものだ。いらないなら捨てるしかないが」

「だ、だめっ、もったいなさ過ぎるっ」

慌てて薬草を胸に抱える。リントは満足そうに頷いた。

「お前が使うのが、俺は一番嬉しい」

「ありがとう、本当に」

たまたまなんて嘘に決まっている。自分のためにどこかから調達してきたのだ。

薬師なのに満足に薬が作れなくて本当に困っていたから、このプレゼントは自分の仕事を理解してくれているようでとても嬉しい。

ソフィアは身支度を済ませるとリントとともに工房へと向かう。

工房はリビングや厨などの居住空間の奥に位置している。

薬を作り研究するためにもうけられた部屋で飾り気はなく、調薬に使う道具がたくさんあって雑然とした印象だ。部屋の中はいくつもの薬草が混じった匂いでいつも独特な香りがしていた。

「でもこの薬草、本当にどうやって手に入れたの？」

「なに、その辺に生えていたのを刈り取っただけのこと」

「まさか！　この薬草はね、薬師として国に免状をもらった人しか育てちゃいけないの。その辺に生えているような代物じゃないんだよ」

「見た目は雑草と変わらないのにか」

「でも、すごく強い薬になるの。薬師は毒消しとして使うけれど、大量に飲むと幻覚効果もあって――」

「ああ、つまり麻薬ということか」

ソフィアは真剣な面持ちでこくりと頷いた。

「そう。だから誰でも自由に扱えるわけじゃないの。本当は師匠から譲り受けた薬草畑でこれも栽培していたんだけど、それは火事で燃えちゃったから」

闇オークションには十中八九、麻薬目的で出品されていたのだろう。

だからこそ薬師である自分が、それもしっかりと回収したいところではあった。薬を間違った目的で使うのを止めるのも、大切なことだと思うから。

ソフィアは枝から葉を切り離すと細かくちぎって目の粗い布にくるんだ。

これを煮出して、まずは薬草からエキスを抽出するのだ。

「で、なんの薬を作るんだ?」

ソフィアの手元を、リントは興味深げに覗き込む。

「解毒薬を作りたいの。それもかなり強力なやつ。国王の義弟に当たる、ドミニク殿下が毒を盛られて苦しんでいるって噂は知ってる?」

「……ああ」

「もうひと月も伏せっておられるみたいなの。きっと師匠のレシピならその方にも効くから、献上しようと思ってて——あ、ドミニク殿下って竜人なんだって。もちろん直接拝謁したことはないんだけど、師匠が言っていたの」

腕の立つ薬師だったウルスラには宮廷薬師の誘いが何度も来ていた。王宮に出向くことも幾度かあり、そのときに姿を見たと言っていたのだ。

「竜人が人間と結婚するのはすごく珍しいって言ってたなあ……いわゆる政略結婚ってやつなのかな、わたしはよく知らないんだけど。リントも竜人国にいたのならドミニク殿下のこと聞いたことあるんじゃない？」

「政略結婚じゃない。ドミニクが人間の女に惚れ込んであっさり婿入りしたんだ」

「そうなの？　やっぱり竜人の中でも有名な話なんだね……リント？」

ちょっとした世間話のつもりだったが、リントはなんだか神妙な面持ちで考え込んでいる。

「ああ、いや……別にソフィアが手を煩わせることもないだろうに」

「そういうわけにはいかないよ。他種族に効く強力な解毒薬のレシピを知っている薬師ってなかなかいないんだもの。それに、薬を気に入ってもらえたらわたしを宮廷薬師に推薦してくれるかもしれないし」

「宮廷薬師？　ソフィアは宮廷勤めがしたいのか？」

リントがさらに渋い顔をする。

「やめておけ。そんなところで働いて黒い陰謀にでも巻き込まれたらどうする。他人を蹴落としてのし上がろうと画策するやつがうじゃうじゃいる場所だぞ」

「なんだか見てきたように言うんだね」

「……いや、一般論だ」

ソフィアは苦笑する。

「わたしも宮廷はそういう場所かもって思うよ。師匠も、何度も宮廷に上がるようにって達しが来てたけど断っていたし。市井の人のために薬を作りたいって気持ちが一番だけど、でもね宮廷薬師になったら王宮の広大な薬草園が使えるんだよ！」

世界中の薬草が育てられている薬草園を想像して目を輝かせる。

ウルスラの薬草畑を失った今、薬師としての研究を続けるにはいち早く手近な薬草畑を見つけなければいけない。

その点、宮廷の薬草園なら言うことなしだ。

けれど宮廷に上がればこの家では暮らせなくなる。リントはそのときどうするのだろう。

「なるほどな……ああ、俺のベッドはいらないぞ。ソフィアと同じで構わない。できれば小さいほうがいい。くっついて寝られるからな」

当たり前のようについてくる気らしい。

リントなら国王にだってベッドに注文をつけそうだ。想像できて小さく笑ってしまう。

どこに場所を移そうとリントとの生活は続く。なんだかそれがほっとした。

「薬はすぐに完成しそうか？」

「しばらくかかりそうなの。わたしも実際に作るのははじめてで」

師匠からレシピを聞いたときはこんなに強い作用の薬なんてかえって毒になるんじゃと案じたものだ。

他の種族は治癒能力が高く、そんな彼らに効く毒はとても強力だ。必然的に解毒薬も人間ではとても飲めないような強い薬になる。

その意味がリントと出会ってよくわかった。たしかに竜人の治癒能力は目をみはるものがある。

「煮出すのも数日かかるし、調合して成形するのにも何週間かかるから……その間、ドミニク殿下が毒で苦しんでしまうのが申し訳ないけれど」

「気にするな。どうせ死にはしない」

「本当？」

「竜人といえど致死性の毒ならとっくに死んでいる。というより成分はきっと死に至るもので、含んだ量が少なかったのだろうな。竜人の治癒能力ならこれ以上悪くなることはあるまい」

まるで見てきたように言う。やはり同じ種族同士、事情はよく理解できるのだろうか。

「どれ、俺も手伝ってやろう」

リントがシャツの腕をまくる。

そのとき、玄関をノックする音がした。

「誰だろう、ちょっと出てくるね」

首をひねりながら玄関へ向かう。

場所柄、この家を訪ねてくる人なんてめったにいない。

風で扉になにか当たっただけだろうか。客人に心当たりがなさすぎて、そんなことまで考えつつ扉を開ける。

「はいはー……い……」

「あなたがソフィアさんですか」

ノックをしていたのは自分より頭一つくらい背の低い少年だった。

その少年があんまり綺麗だったから言葉を失ってしまう。

さらさらの銀髪に、くりんと丸い紅い瞳。それが身長差で少し上目遣いになっている。

女の子かと見間違うような愛らしい顔立ちだが、前を見据えた利発そうな表情はちゃんと男の子だ。まぶしいくらいの美少年がそこに立っている。

「……ソフィアさんじゃないんですか？」

返事がなかったことで少年は眉をひそめる。

「あ、そ、ソフィアです。わたしが」

どうして自分の名前を知っているのだろう。こんな美少年、もちろん知り合いにいない。

混乱していると奥からリントがやってくる。

「ソフィアー、誰だった？」

ひょっこりと顔を覗かせたリントを見て、美少年はその場に膝から崩れ落ちた。

「こんなリント兄、見たくなかった……っ！」

シャツの腕をまくり、長い銀髪を一つにくくったリントは、ソフィアが長年使っている花柄のエプロンとおそろいの三角巾をきっちりと身に付けていた。


「申し遅れました、僕はレイルーク・ノイ・ローゼティーア。リント兄の従弟です」

少年をリビングに通すとちょこんとソファに腰掛ける。

言われてみれば銀髪も紅色の瞳も、リントのそれによく似ている。それに、耳の上からは控えめなツノが生えている。たしかに彼も竜人だ。

レイルークの向かいに座ったソフィアは、隣のリントと彼を交互に見比べる。

地味な調度品の並ぶリビングにきらきらしい竜人がふたりもいるのがなんだかちぐはぐな印象だ。

リントは相変わらずエプロンと三角巾をつけたままだ。レイルークはそんなリントを睨みつける。

「なんて格好してるんですか。早く脱いでください」

「うるさい、すけべ」

「ちがっ……！　その前掛けと、頭の上の妙な頭巾を取れと言ってるんですよ！」

「いやだ。俺はこれからソフィアの手伝いをするんだ」

「頬を膨らませるな！　あんたツノと一緒に威厳まで折れたのかっ！」

基本的に丁寧な話しぶりだが、激高すると言葉が乱れるらしい。

ソフィアはおずおずとソーサーを差し出す。

「あの、良かったらお茶でもどうですか……？」

湯気の立つカップには気持ちを落ち着かせるカモミールのハーブティーを入れてある。

お茶請けはルバーブのジャムを添えたスコーンだ。

取り乱していることに気づいたのか、レイルークはこほんとひとつ咳払いをする。

「いただきます……」

ふうふうとハーブティーをよく冷ましているのがなんだかかわいい。

(竜人でも猫舌なんだあ)

人間と比べたらとんでもない身体能力を有しているのにそこは変わらないらしい。

「あ、これおいしいです……！」

スコーンを丁寧にフォークで口に運んだレイルークが驚いたように漏らす。

「それ、スコーンもジャムもリントの手作りなんだよ」

「げっほ、ごほっ……！」

「だ、大丈夫⁉」

変なところに入ったらしくレイルークが盛大にむせる。ソフィアは慌てて水を渡した。

「すみませ……っ」

「そう慌てずともおかわりもあるぞ」

「いい加減にしてくださいよ……っ、菓子作りなんかしてる場合ですか！」

水を一気に飲み干したレイルークが涙目になりながら叫ぶ。

「料理も作れる」

「この……っ」

レイルークは今にもつかみかかりそうだった。

「レイルーク……くん？　いったん落ち着こう。このまま話しててもらちがあかないから、ね。一度日を改めるとか」

「レイで結構です。リント兄が愛称で呼ばれているのに、僕だけ名を呼ばれるわけには」

「愛称……？」

「話し合いは後日、というのは承諾しましょう。今のリント兄には話が通じる気がしない。ただし、僕もここに住みます」

「……え？」

レイルーク——レイはそう高らかに宣言した。

「さて、ここでは働かざる者食うべからず、だ」

客間の用意を整えてリビングへ下りると、リントが仁王立ちでなにやら講釈を聞かせているところだった。膝に両手を置き、その話に耳を傾けるレイの視線は真剣そのものだ。

「まず、この仕着せを身につけ、城内が清潔であるよう努めろ」

リントは自分とおそろいのエプロン、そして三角巾を渡す。

「く……それがこの城での決まりというならしょうがないですね」

渋々ながらレイはそれらを身につける。

かわいらしい顔立ちにその格好はまるで母親のお手伝いをする少女のようでとてもよく似合っていた。

(それにしても、城って)

一体リントはどういう説明をしたのだろう。

「この城の主はソフィアだ。言うことを良く聞き、忠誠を誓い、しっかりと仕えるように。まずは拭き掃除からだな。城内をぴかぴかに磨き上げろ」

「……なんという屈辱」

「じょ、冗談だと思うよ？」

悔しそうに唇を嚙むレイに思わず声をかけた。

「レイくんお客さまなんだから、くつろいでいてよ」

「ソフィアさん……」

「いいや、くつろぐなら夕食はなしだ」

「リント兄が言うなら……」

「ちょっと、どうしてそんな意地悪言うの。ここではわたしの言うことが絶対なんでしょ？　だったら別に拭き掃除なんかしなくていいから」

リントはつまらなそうに口を尖らせる。

「音を上げて帰るかと思ったのに」

「あの、ソフィアさん、まさかとは思うんですけどリント兄は拭き掃除なんてしてないですよね……？」

「ん？　してないよ」

「ああ、よか――」

「拭き掃除は冬を迎える前の大掃除でやるから。リントには掃き掃除をお願いすることが多いかな」

「ひいっ」

レイの顔がみるみる青ざめる。

「だ、だめです、だめですっ！　リント兄になんてことさせてるんですかっ、この人は次期——」

「レイ」

鋭い声がレイの言葉を遮る。

「そんなに言うなら一緒にやるか？　存外楽しいものだぞ」

ほうきを渡され、レイはおとなしくリントについて表に出る。

「レイくん大丈夫？　いやだったらわたしが言おうか？　きっとリントはわたしの言うことなら聞くと思うんだけど」

「なんですかそれ、自慢ですか⁉　僕の言うことはひとつも聞いてくれないっていうのに」

「いや、そういうつもりじゃ……」

「いいか、レイ。よく見ておけ。ほうきはこうやって、こうだ！」

持ち慣れた手つきで、リントはさっと地面を掃く。

レイはそんな様子を見て、わなわなと身体を震わせている。

「やっぱりこんな姿見たくない……リント兄、勝負してください」

レイはびっ、と柄の先をリントに向けた。

「いいだろう。ではどちらが玄関先をぴかぴかにできるか——」

「違う！　これは剣の代わりです。僕がリント兄を倒したら、大人しく僕と一緒に帰ってください」

　リントはきょとんとしたあと、笑い混じりに息を吐く。

「ソフィア、すまないがすりこぎを借りられないか？　使ってないやつで構わないから」

「え、あ、待ってて」

　ちょうどリントを出会い頭にひっぱたいたあのすりこぎを持ってきて渡した。

「これでよかった？」

「充分だ」

　そうして、レイと同じように棒の先を相手に向ける。

「いいんですか、そんな短い得物で。あとで泣きを見ても知りませんよ」

「そっちこそ、負けたらおとなしく帰るんだろうな」

「そ、それは……」

「失う覚悟もないまま勝負を仕掛けたのか？」

「わ、わかりました。僕が負けたら大人しく帰りま――」

「えっ、レイくん帰っちゃうの!?」

　やりとりを聞いていたソフィアは思わず声を上げた。

「不都合か？」

「だって、せっかく客間も綺麗にしたし、保存してあったハーブ漬けのお肉もたっぷり使って料理しようかなって……」

誰かをもてなすことに飢えていたものだから、レイが帰るのが残念でならない。

「よしわかった。レイ、お前は帰らなくていい」

「本当ですか!? ソフィアさん、あなた意外といい人ですね」

「いや、そんな……」

「じゃあレイが負けたときの条件はどうする? ソフィアが決めるといい」

「ええ? ……あ、こういうのは? レイくんのツノを触らせてもらう、とか」

小作りなレイのツノは、よく見るとリントのより少し色が薄い。ちょっとだけ透けた闇色に周囲の景色が反射されて、それがとても綺麗で、ついこの手で触れたくなる。

レイは絶望的な表情を浮かべた。

「なっ、なんて無礼な……っ」

「えっ無礼なの!? ごめんね、リントは触っても怒らないからてっきり……」

「リント兄のツノを触ったんですか!?」

「いいではないか、減るものじゃない」

リントはソフィアの手を取ると、屈んで自分のツノに押し当てる。

「悪くないものだぞ」

「うわーっ!!」

レイがすかさず飛んできて二人を引き剝がした。

「なんてことしてるんですかっ。竜人のツノは力の象徴なんですよ!?　とても大切で尊いものなんですよ!!　それを、そんな……っ」

「じゃあ、負けたらお前のツノを触らせるってことでいいな」

「人の話聞いてました!?」

「ごちゃごちゃと……お前は負ける予定があるのか？　勝つつもりなら負けたときの条件などどうでもいいではないか」

レイは言葉に詰まると、覚悟を決めたように居住まいを正した。

「わかりました、条件はそれで構いません」

「ソフィア、合図をくれ」

「え、あ……用意はじめ！」

瞬間、対峙した二人の気配がすっと鋭く冷えたのがソフィアにもわかった。

仁王立ちしているだけに見えるリントだが、隙が見当たらないのかレイはじりじりと距離を詰めるだけで近づこうとしない。

「どうした。それでは永遠に勝てないぞ」

煽るような言葉に決心したのか、レイはほうきを振りかぶって飛びかかる。

「リント兄、覚悟っ！」

振り下ろされたほうきの柄を、リントは避ける素振りも見せない。

（え、当たっちゃう……！）

脳天めがけて振り下ろされた柄がリントに触れる瞬間、ふ、と小さく口元が緩んだと思ったら、もうその場にリントはいなかった。

「お前の負けだ」

気づけばレイの背後を取っていて、すりこぎでトンと首の後ろを叩く。

レイはその場にへたりこんだ。

「お前は武闘派じゃないんだから、今後も無謀な勝負はやめておけ」

「れ、レイくん平気？」

うなだれたレイが酷く落ち込んでいるものと思って駆け寄るが、顔を上げたレイは意外にもキラキラと目を輝かせていた。

「すごいや、やっぱりリント兄、全然弱くなってなんかない」

負けた悔しさよりも、相手の実力を知ることができた喜びが勝っているようだった。

（この子、本当にリントのことが好きなんだなあ）

まるで兄を慕う弟のようで、改めてこの二人の関係が微笑ましく思える。

「ほら、負けの条件」

温かな気持ちに浸っているとリントがソフィアの手を取り、レイのツノに触れさせる。

「あっ」

つい反射的にむんずとそれを摑んでしまった。

触った感じはリントのものとそう変わらない。ただ、リントのより小ぶりなぶん、手の中にすっぽりとおさまる。

「ぴゃあっ！」

レイは奇声を上げるとその場に固まってしまう。

「えっ、ごめ……ツノって感覚がないんじゃ？」

「ないですよ、ないですけど、大事なところを他人に触られていると思った、ら……」

レイの言葉が途切れ、そのままソフィアの胸に倒れ込んでくる。よほどショックだったのか、気を失ったらしい。

「だ、大丈夫⁉」

意識をなくしたのはほんの一瞬だったようで、視線が合うとレイは顔を真っ赤にした。

「す、すいませ……力がはいらな……」

「わたしこそ変な条件をつけることになってごめんね。このまま少し休んでいいから」

いきなり動かすのは酷だろうと思っての提案だが、レイは必死で身体を起こそうとする。

「このままはまずいですっ、困りますっ、む……っ」

「む？」

よく見れば、レイの顔は自分の持て余し気味な胸に押しつけられている。

「あ、ご、ごめっ……！」

慌てているとリントがレイを引き剝がす。

「試合に負けて勝負に勝つな」

「なっ、僕はそんなつもりじゃ」

「休みたいなら部屋にいけ」

背中を軽く押され、レイはよろけながら家へと入っていった。

「目、合わせてくれなかった……」

意図的ではないとはいえ、胸を押しつけて、触られたくないツノまで触ってしまった。

絶対嫌われた――ソフィアはひそかに落ち込む。

「悪いことしちゃった……」

「ソフィアが気にすることはない。照れているだけだ」

「リントも、ごめんね。ツノがそんなに大事なものだって知らなくて」

竜の姿で出会ったとき、あんまり綺麗で手を伸ばさずにいられなかった。軽い気持ちでした行為が、本当は嫌だったかもしれない。

「構わない。俺はソフィアの手が心地よかった」

リントは優しく目を細める。

「ツノは神聖なものだが、だからこそソフィアに触れてほしかった」

「い、嫌じゃなかったならいいけど……」

それは自分を大切に思ってくれているからととらえていいのだろうか。

やっぱりまともにリントの顔が見られない。

「しかし、俺になんの得もない勝負だったな。レイは負けたくせに褒美をもらうし」

リントの視線が胸へと落とされる。

「俺も顔を埋め――」

「だめにきまってるでしょ！」

慌てて胸を両手で隠す。レイにならなんとも思わなかったことが、リントには恥ずかしくてしょうがない。きっと同じことをされたら、今度は平静でいられない。

リントは「ソフィア〜」と情けなく嘆きながら、目を潤ませている。

「も、もう家に入ろう。冷えてくるし、夕食だって用意しないと」

「ソフィアは俺が勝つと信じてくれていたのだな」

「え？」

歩き始めた背中にかけられた声に振り向く。

「レイが帰ると無条件に思い込んでいるようだった。それは俺が勝つと信じていたからだろう」

「あ……」

確かに、そう思っていた。

リントが帰る。ここからいなくなる。そんな想像ができなかった。

「やはり、俺の強さを見越して――」

「いや、単純にお客さんが帰ることになったら嫌だなって」

「ソフィア～、それはないぞ」

熱くなった顔を見られたくなくて、つい意地悪なことを言ってしまった。

リントがいることがもう自分の中では当たり前になっている。この生活がすっかり日常になっている。

それがなんだか嬉しくて。

悟られるのが、少し照れくさかった。

◇

レイが来てから一週間ほどが経った。

振り返ると眼下に見える家の煙突からは細い煙がたなびいている。

「真面目にやっているようだな」

「リントからお願いされたから張り切ってたもんね」

はじめは家事に抵抗を見せていたレイだったが、リントだけに労働をさせるわけにはいかないと渋々手伝いをはじめた。

リントと同様覚えが早く、その手際はすぐに危なげないものとなり、今はかまどの番を任せてきたところだ。

竜人というのはみんなこれほどに要領がいいのだろうか。ソフィアは少なからず驚いていた。

「まったく……仕事をさせれば嫌気がさして帰ると思ったのだが」

「邪険にしないであげてよ。弟みたいでかわいいじゃない」

孤児院で育ったソフィアにとって、血の繋がった親族というだけで憧れてしまう。さらに自分を慕って捜しに来てくれるだなんて、うらやましくてしかたない。

レイはソフィアに対してまだ完全には心を許していない様子だが、それすら兄貴分を横取りされた嫉妬と思えばかわいいものだと思える。

プライドを傷つけそうだから言わないけれど、レイがこちらに敵対心をむき出しにするたびに、温かい目で見てしまうのだ。

ソフィアとリントは裏山の中腹にある薬草畑に足を運んでいた。——正確に言えば、元薬草畑だった場所だ。

針葉樹の森を抜けると、急にあたりが開けて広大な薬草畑が現れるのだが、そのすべてが今は黒く煤《すす》けた灰になってしまった。

「ずいぶん派手に燃えたのだな」

リントもあたりを見回して驚きを隠しきれない様子だった。

「残っていた種を蒔いてみたりしたんだけどね、やっぱり芽は出ないみたい」

「……ここに来るたびつらくはないか？　師の形見でもあったのだろう。もちろん、師を偲ぶために通っているなら止めはしないが」

口ぶりからすると、毎日ここを訪れていたことはばれていたらしい。ついていく、とリントから提案されたのも心配してのことだったようだ。

ソフィアはきっぱりと首を横に振る。

「毎日見に来てるのは日課になってるからで、湿っぽい気持ちになってるわけじゃないから安心して。もちろん芽が出てたら嬉しいけどね」

ウルスラなら、なくなった畑をなげく暇があるなら手を動かせとせっつくはずだ。

毒消しの薬草が手に入ったから、なんとか薬師を続ける手はずが整いそうだ。ちゃんと手を動かしてますからね、とソフィアは心の中で報告する。

「ソフィアにはいい師がついていたのだな」

ぽつりとつぶやかれた言葉はどこかうらやましそうだった。

「リントには？　リントだっていろんなことを教えてくれる人がいたんじゃないの？」

他国語を解する彼なら身近に教育者がいたのだろうと、そんな軽い気持ちで聞いたことだった。

リントの纏う空気が途端に冷ややかなものに変わる。

「ああ、いた。教育と称して俺を洗脳しようとしたやつなら」

「リント……?」

「俺が授けられた教えは——力こそすべて、だ」

「力こそ、すべて?」

「実に浅はかで即物的な考え方だと思わないか」

リントが吐き捨てるように笑う。

ソフィアはどう返答していいかわからなかった。

力——それがたとえば暴力だとしたなら。圧倒的な攻撃性で他者を制圧することこそが正義なのだと言われたなら、反論もするけれど。

(そういう意味の教えなの?　だからリントはその人を嫌っている?)

彼の態度から、その教えを説いたという人物をひどく恨んでいるのではないかと感じた。

「誰がそんなことを言ったの?」

「父親だ」

ソフィアは今度こそ絶句してしまう。

血の繋がった家族が暴力で人を支配しろなんて言うだろうか。自分の子どもに一番に教えることがそれなんて、殺伐としていてとても悲しい。

(でも、別に力って暴力のことじゃないかもしれないし、その言葉にはほかの意味があるのかも……)

そう考えてしまうのは都合が良すぎるだろうか。

どうしても血の繋がった家族がそんなひどいことを教えるはずがないと、いいほうへ考えたくなってしまう。それはソフィアが血縁というものに漠然とした憧れを抱いているからだ。

「リントのお父さんはなんでそんなことを……」

「さあな。ひたすらに愚かだったのだろう」

「……家族なのにそんなふうに言うの?」

「幻滅したか?」

リントが困ったように眉を下げた。

「悪いが血の繋がりなんて、それほど特別なものではない」

言い捨てる様子はどこか苦しげで。

(わたしリントのことをなにも知らない)

そのことをはじめて悲しいと思った。

唐突に始まったふたりでの暮らしはとても楽しくて、それだけで満たされてしまっていた。リントにも過去がある。そんな当たり前のことすら気づかないで。

しょんぼりしているとリントが笑いかける。

「なに、そう気にするな。――それに、俺の今の家族はソフィアだ。ソフィアがいればそれでいい」

端整な顔が近づいてくるのに動揺して後ずさり、むき出しの木の根にひっかかった。

「う、わ……っ」

「おっと」

後ろに倒れそうになった身体をしっかりと抱き留められ、ふわりと身体が浮いたと思ったら横抱きにされていた。

そのまま降ろしてくれるのかと思っていると、リントは切り株に腰を下ろす。

膝の上に座らされたソフィアは密着した身体が恥ずかしくて、身をよじった。

「は、離してよ。外なんだから」

「外だからなんだ。どうせ誰も見ていない」

「誰か来るかも」

「本気で言っているか？」

麓《ふもと》の家にすら訪問者なんてほとんど来ないのに、裏山に分け入ってくる人なんていない。

ソフィアは諦めて抵抗をやめた。

「ソフィアは俺を家族だとは思えないか？」

「わからない……だって、家族がいたことがないから」

「師は？」

「師匠は師匠だよ」

ウルスラは優しかったけれど、同時に厳しくもあった。ソフィアを自立させるために甘えは許さなかった。もちろんそういう形の優しさなのだと理解しているけれど。

家族というものはいくら甘えても許されるような、無条件の愛を注いでくれる存在。

漠然とした家族への妄想は、どこか甘ったるくて現実味がない。けれど本を読むだけじゃ本当の家族の在り方なんてわからなかったのだからしかたない。

（リントは……リントは、家族なのかな）

自分を寄りかからせて、存分に甘えさせてくれる存在。優しく見守ってくれる人。

自分の思い描く家族とは、彼はまた違う気がした。

なんだかそれよりももっと甘美で、胸が熱くなるような――。

「……ペットくらいにはしてあげる！」

「そうか」

なんだか恥ずかしくなって会話を切り上げると、リントは嬉しそうに顔をほころばせた。

「ペットでも今はいいさ。お前を癒やせる存在なら」

スカートの上からするりと太ももを撫でられて、身体がびくりと震えた。

「けれど本当はまだまだ甘えて欲しいし、お前の助けになりたいと思っているよ」

「ん……っ」

「前よりは俺に心を許してくれていると思ったのがうぬぼれではないといいのだが」

紅い瞳が優しく細められた。

「好きだ、ソフィア。お前の近くにいるとどうしても手の中に閉じ込めてしまいたくなる」

抱きしめられてそっと髪を撫でられる。

大きな手は背中へと下りていき、その中心をつ、となぞった。

「っ……！　手癖の悪いペットなんだから。またわたしを気持ちよくさせて落札価格の元を取らせてやるとか言うの」

「残念ながら、これは俺がただ触れたいだけだ」

単純な理由に胸が高鳴った。役に立ちたいから、なんて言われて触れられるより、よほど嬉しいと思ってしまう。

リントのことを知りたい。彼も同じ気持ちなんだろうか。

自分にもっと近づきたいと思ってくれている？　身体も、心も。

「ソフィア……」

頬に手を添えられて、下唇を優しく食まれる。

「好きだ、ソフィア……ん……」

「っ、ふ……」

薄い唇が、自分のそれに何度も吸いつき、自然と力が抜けていく。

「大好きだ。俺のかわいいソフィア」

吐息混じりの声に、頭の中がじんと痺れていくようだった。

軽く食むだけだったキスは、激しさを増していく。

吸われてぽってりと紅く熟れた唇を一度舐められ、その舌が口内へと這い入ってくる。

「ん……っ」

自分のものではない熱い体温が歯列をなぞって、じっとりと中を探っている。

「ソフィア、舌を出してくれ」

「っ、はぁ」

喉のほうへ引っ込んでいた舌をおずおずと差し出すと、すぐにリントのそれが絡められる。別の生き物のようにしっとりと濡れて蠢くものに翻弄されながらも、相手を真似て自分の舌を絡めた。

頭の中はふわふわとしてなにも考えられない。

ただ、吸われて甘く噛まれると身体の芯がじんわりと溶けていくような気持ちよさがあった。

まるで麻薬だ。

思考を弱らせ、身体を快感で麻痺させる。もっと欲しい、と求めずにはいられなくなる。

「リ、ント……っ」

「ん？」

キスの合間に言葉を発すると、リントが首を傾げる。

「竜人の口づけにはなにか効果があるの？　その……催淫、とか」

おずおずと聞いてみる。

ソフィアはあくまで真剣なつもりだった。

それほどに、リントとのキスは気持ちが良かった。

リントはきょとんとしたあと、愛しくてたまらないというように目を細める。

「なんてかわいいことを言うんだろうな、ソフィアは」

「え……んむっ」

再び唇が重ねられ、遠慮なしに舌が侵入してくる。

「俺とのキスはそんなに良かったか？」

「んっ、ふ、あっ」

一方的に咥内をまさぐられ、口の端からは透明な液が垂れた。

舌先をじゅっと吸われたと思ったら、上顎を撫でられる。

遠慮なく責め立てられて、下肢からも力が抜けていく。

「も、も……ぅ、むり……っ」

「まだへばるのは早いぞ。せっかく気にいってくれたのだ、もっと与えてやらないと」

絶え間なく与えられる深い口づけで酸素も満足に取り込めなくなり、生理的な涙がにじむ。

そのとき、服の上から胸の膨らみに触れられた。

身体がびくりと大きく震え、思わずリントを押し戻した。

「っ、な……」

「今日はあまり締めつけていないな。いいことだ」

下から上に持ち上げながら、やわやわと膨らみを揉まれる。

油断していた。今日はさらしがゆるいのだ。リントがあんまり苦しそうだと言うものだから、最近は胸をすべて潰すような無理な着つけをやめている。

「キスだけでちゃんと感じていたんだな」

かり、と胸の突起をひっかかれる。

服の下でひそかに主張していたそれは、微かな刺激にも大げさに反応して腰がふるりと震えた。

リントはブラウスのボタンを外しにかかる。

「やっ、こんな明るいところで……！」

「じゃあ、家ならいいか？」

また突起を指先で弾かれる。布が擦れる感覚に、敏感になったそこは過剰に反応してしまう。

「こんなに腰を揺らして。おあずけされるのはつらいだろう？」

「そ、それは……」

「けれど家にはレイがいる——いっそ聞かせるか？」

「や、やだっ！」

「冗談だ。ソフィアのかわいい声、他の誰にも聞かせない」

慌ててかぶりを振ると、なだめるように額に軽い口づけを落とされた。

「感じて涙目になっているところも、花のような汗の香りも、全部俺だけのものだ」

レイが来てから、リントがソフィアに触れることはめっきりなくなっていた。

べたべたしているのを見せるのはレイの教育に悪いからだろうと思っていたけれど、もしかしたらあられもない姿を見せたくなかったからだろうか。

大げさなくらいの独占欲に胸が高鳴る。

リントはワンピースの肩紐を下にずらすと、胸の下までのボタンを外してブラウスをくつろげる。折り込んでいたさらしの端をはずしてそのままずり下ろされると、ふるんと白い双丘がまろび出る。

「きれいな色だ。前は暗くてなにも見えなかったからな」

膨らみの先で赤い突起がつんと主張している。

リントはそこを指先で弾いた。

「あ、んっ」

直接刺激されれば、身体中にぴりぴりと微細な快感が流れる。

「ソフィアのとろけた顔も、前は見えなかった」

「わ、わたしそんな顔してな……！」

「確かめてみるか？」

言うなり、突起にぱくりと食いつかれる。抵抗する間もなく吸い上げられ、舌先でちろちろと舐められた。

「あ、あ、ああっ」

「どうだ？　やはり見えるとまた感じ方も違うか？」

美しい顔にいたずらっぽい笑みを浮かべている。

見えるということがこんなに羞恥を煽るだなんて。

キスで赤く色づいた唇が自分の胸を食んでいる。てらてらと滑る舌が硬くしこった飾りをなぶっている。

刺激がびりびりと身体の芯を伝っていくと同時に、目に飛び込んでくるいやらしい光景にさらに感度が上がった。

「もぉ、や……っ」

ふわりと風が吹いて、濡れて光る胸の先を撫でていく。

ここは外だったのだと思い出して余計に恥ずかしさを覚えた。

お腹の奥ではじれったいような、むずがゆいような感覚がじわじわと燃え広がる。

「そんなに感じているのは見えているからか、それとも外だからか?」

くすりと笑われたのと同時に、スカートの中にリントの手がするりと入り込む。

「こっちはどうなっている?」

「っ……!」

じっとりと太ももを撫で上げられ、その手はソフィアの中心へとたどりつく。

下着の上から秘裂をぐっ、と押されれば微かな水音がした。

「濡れているな」

少しだけ笑い混じりの声に、かっと全身が熱くなる。

「だ、だって……」

「すごく、かわいい」

言うなり、リントはソフィアを膝から下ろして切り株に座らせる。

「リント?」

自分は地面へ跪くと、そのままソフィアの片足を大きく上に持ち上げた。

「な……っ」

秘めた場所を見せつけるような格好にされ、ソフィアは慌てて足を閉じようとする。

けれど足首を押さえる力は強くてびくともしない。

「色が変わるくらいに濡らしていたのか」

リントはそのまま下着を片足から抜き取ってしまう。

「ひぃんっ」

されるがままのソフィアは思わず自分の顔を両手で覆う。

濡れそぼった秘所をこんな外で、リントの目の前にさらけ出している。身体中がまるで火がついたように熱くてしかたない。

「こっちも、すごくきれいな色をしているな。桃のような薄紅色だ」

「も、やだぁ……」

恥ずかしすぎて泣きたくなってくる。

「ソフィア、手をどけてくれ。お前のかわいい顔が見えない」

「無理っ！　今ひどい顔してるから……」

「ひどいかどうか見てやろう」

その手には乗るまいと、ソフィアは顔を隠したままぶんぶんと首を横に振る。

「そうか、顔を見せてくれないなら――このナカがどうなっているかじっくり見ることにしよう」

秘裂を二本の指でくぱりと割り開かれ、入り口に絡まっていた蜜がとろりとこぼれ落ちる。

「ああ、こんなに濡らして。ナカもきれいな薄紅色……いや、それよりも少し濃いだろうか。これは影のせいか？　もう少し開いてやらないと、はっきりと見えな――」

「手、どけるっ、どけるからっ！　そんなふうに全部言わないで！」

自分の秘所がどうなっているかなんて聞くにたえない。ソフィアは慌てて手を下ろした。

「やっと顔を見せてくれた」

リントはにんまりと笑うと、舌先で蜜口を舐め上げる。

赤い舌が透明な蜜を掬い取る妖艶な姿に釘付けになっていると、リントはそれをこくんと飲み下した。

「……甘い」

「な、な、な……っ」

羞恥に唇を震わせれば、リントは満足げに笑みを深めた。

「ソフィアの恥ずかしがっている顔はたまらない」

わざとだ。煽るような言動はすべて、自分の表情を引き出したいから。

「～～っ！」

まんまと策略にはまったことに気づいて、ソフィアは声にならない声を上げた。

「今度は、感じすぎてとろけきった顔が見たい」

そして音を立てて秘裂を舐めしゃぶられる。

「ひ、んっ、んぁっ」

蜜を舐めとっていく舌の感覚がたまらない。切り株に手をつき身体をのけぞらせ、不安定な姿勢のまま腰をびくびくと震わせた。

「ソフィア、手は俺の頭についていてもいいから」

地面に投げ出していたもう一方の足もリントの肩にかけられる。

切り株についていた手はリントの頭へと誘導された。

「お前の手のひらにトゲがささってはいけない」

「ま、待って。ツノを触っちゃいそうなの」

それは神聖なものだとレイに教わった。だからなるべく触れないように注意してきたつもりだった。

「ああ、ちょうどいいからそれにつかまっているといい」

「さ、触れるわけないでしょ！　竜人にとって大切なものだって」

「構わん」

反論する前に花芽を舌先でぐりっと潰される。

「ひぁんっ」

大きな刺激に、縋るものを求めてついツノにしがみついた。

「ん、そうだ。そうしていろ」

「あっ、ああっ、っや」

硬くなりつつあった肉の粒は、刺激されると赤く熟れてぷっくりと顔を覗かせる。

リントはそのまま尖りを責め立て続けた。

円を描いて舐め、唇で軽く挟むとじゅっと吸い上げる。

「や、待ってっ、――怖いの……っ」

そこを弄られると、まるで自分が自分でなくなるような気持ちになる。

大きな快感のうねりに飲み込まれて、どこかへ放り出されそうなそんな頼りない感覚に陥るのだ。

呼吸を震わせているとリントは素直にやめてくれる。

「ソフィアはきっと、ここがとても感じやすいのだな」

「そう……なのかも。だからもう触れるのは……んあっ」

敏感な肉芽をつつかれて、大げさなくらいに腰が震えた。

「俺はソフィアにもっと気持ちよくなってもらいたい。ここで感じることができたら、ソフィアはもっとヨくなるに決まっている」

「でも……っ」

「どんなふうになっても俺がそばにずっといる。はじめは怖いままでいいから、俺を信じてくれないか？」

「っ……！」

リントはずるい。

いつもは捉えどころのないへにゃりとした笑みで庇護欲すらわいてくるのに、たまに見せるまっすぐな瞳はとても真摯で、どんな苦難でも大丈夫と思えるくらい頼りがいがあって。

ソフィアは思わず頷いていた。

「絶対にヨくするから」

リントがふたたび秘芽に吸い付く。

柔らかな唇で軽く挟まれて、やわやわと押しつぶされる。

蜜で濡れそぼったところに息がかかって、余計に熱さが増した。

痺れる快感が全身を巡って、怖い。怖いけれど——それ以上に気持ちがいい。まるで頭が芯から溶けていくような悦楽が広がっていく。

「あっ、ああ……っ！」

リントはソフィアの声がすっかりとろけているのを確認して、そこを舌先でぐりぐりとくじった。

「だめだめっ、……あ、はぁ、あ、っ、あぁぁ——っ!!」

不安定な姿勢では快感を逃がすこともままならない。

与えられる刺激をまともに受け、蜜をすする大げさな音とともに、膨らみきっていた快感が弾ける。

足先はピンと張り詰め、ツノを握る手にも力が入る。

大きな快感の波が押し寄せて、ソフィアは身体をのけぞらせながら激しく痙攣した。

視界が白み、ぐんと身体ごと浮いた錯覚を抱いた。

「——っ、はあっ、はあ……」

高みから帰ってきた反動で身体がぐったりと重い。リントに体重を預ける形になってしまうが、それを気にする余裕もなかった。

「ここで上手にイけたな」

「ん……」

「怖くはなかったろう？」

優しい声音に小さく頷く。

無我夢中で最後は怖がる暇なんてなかった。それどころか、とても気持ちがよかった。

「しかし惜しいな。せっかくのソフィアの達する顔を見損ねてしまった」

リントが拗ねたように口を尖らせる。

「今度は、見逃さないようにしなければ」

「ま、また……!?」

「まだひくついているな」

達した反動で秘裂の痙攣がおさまっていない。脈打つたびにうねる隘路へ、リントがそっと指を一本挿し入れる。

「こちらも慰めてやろう」

じっとりと湿った隘路は指の一本などやすやすと受け入れる。はじめてのときに覚えた異物感もなく、ただなにかを与えられる期待に震え、きつく締めつける。

リントは指を腹の側に軽く折り曲げる。

「ここだったな」

指先がある一点を掠めると、ナカがきゅんと疼いた。

「ふぁ……っ」

敏感なところを何度も押し上げられ、ぐりぐりと擦られる。

「あ、あ、いやっ、なん……っ、それ、だめ……ぇ」

狭まった路の中で、リントは器用に指を動かし続ける。

激しく刺激されているわけではない。もどかしいくらいにゆっくりとそこを押され、撫でられる。

それだけで、頭の中がふわふわとして、たまらない気持ちになる。

「苦しいか?」

「んん……っ」

「それとも気持ちいい?」

「わ、かんな……あんっ」

もどかしくて苦しい。身体の中心が疼いて気持ちいい。

ないまぜになった感情に、身体がついていかない。

ただ嬌声を漏らし、かぶりを振って耐える。

「ん、ふ、あっ、ああっ」

達するなら早く達したい。

規則的なゆっくりとした指の動きでは、どうしてもあと一歩物足りず、だんだんと気持ちが焦れてくる。

あと少しで高みに上り詰められそうなのに。そこへと押し上げて欲しいのに。

「物欲しげなお前の顔もすごくそそられる」

「ん、ああっ」

「どうして欲しい？」

「く、苦しいの。お願い、リントぉ」

甘く懇願する声に、リントがごくりと唾を飲み込む。

「本当に、たまらない」

「え……あ、あぁぁっ！」

「俺にイく顔を見せてくれ。存分に」

もどかしい指の動きが急に激しいものに変わる。ぐちゅぐちゅと空気を含んだ水音が鳴り、二本に増やされた指が蜜路をかき回す。

敏感な点をぐいぐいと交互に押され、目の前を星が飛ぶ。

「やぁ、あ、ああっ」

「ソフィア、俺の目を見ろ」

赤色の瞳と視線が絡み合う。

しっとりと濡れてギラギラと欲を宿した目はまるで炎のようだった。こちらの熱も否応なしに上げられていく。

「リントっ、リント……！」

「ああ、もっと呼んでくれ」

リントはもう一方の手で肉芽をこねる。すっかり蜜塗れになった尖りは急な刺激もすべて快感として受け取った。

「っ――！」

敏感なところを同時に攻められて、ソフィアは声にならない声を上げる。

「ソフィア」

欲情を隠すことない掠れた声に応えたかった。

「リ、ント――っ、あぁぁ――!!」

ふたたびおとずれた絶頂は、さっきよりも長くて。

意識が引き戻されたときには、くったりとした背中をリントに支えられていた。

「あ、わたし……」

「少しだけ気を失っていた。ほんの数秒だが」

「なんだかリント、意地悪だった」

生理的な涙を浮かべたまま睨みつけると、リントはくすぐったそうに笑みを見せる。

「すまない。ソフィアがかわいいからつい。どの表情のお前もかわいくて、扇情的で。止まらなくなってしまった」

「……じゃあ、ゆ、許す」

リントがあんまり嬉しそうに褒めるものだから悪い気はしない。そんなことで許してしまうなんて単純だろうか。けれど彼の嬉しそうな顔が、自分にとっても嬉しいのだ。

横抱きにされたお尻の下で、なにか硬いものが当たっている。

「リント……」

「気にするな。俺はソフィアのいろいろな顔が見られて満足だ。……ソフィアはもう限界だろう?」

「あ……」

無理な姿勢で激しく達したからか、足はぶるぶると震えている。明日には筋肉痛になりそうだった。

「このまま抱いて山を下りてやろう。少し安め」

リントの汗が混じった香りにひどく安心する。

その言葉に甘えて、彼の胸にそっと頭をもたれさせた。

◇

薬草の独特な香りが漂う中、ソフィアはひとり工房にこもっていた。

リントからもらった薬草は煮出して、今はそのまま寝かせてある。成分を落ち着かせてそれを濾過してさらに濃いエキスを抽出するためだ。

たくさんもらった薬草から採れるのはほんの少しの材料だけだ。それでも数回分にはなる。失敗は許されないけれど、患者ひとりには充分な量だ。

早く作って届けたい。

気持ちは逸るが焦りはなにより失敗の元だ。待っているあいだも必要な工程だと割り切るしかない。

薬草のエキスが揃ったらすぐに成形できるように、ほかの必要な生薬をすり鉢で細かく砕いておく。

効率のためでもあるけれど、工房に入るとなにかしていないと落ち着かないのだ。

思えば、ウルスラもいつも小さな身体で動き回っていた。

薬と向き合っているときには余計な会話を嫌う人だった。だから工房には張り詰めた空気が漂っていて、傍目にはぎすぎすして見えたかもしれない。けれど、ああいう余計なものをそぎ落としたような空気も悪くなかったなと思う。

集中しすぎた日の夕食どきには決まってウルスラはばつの悪そうな顔をした。

——こんな暮らしに慣れさせて、悪かったと思っている。

——お前にはもっと普通の暮らしだってあったかもしれないのに。

ウルスラはソフィアに家族がいないことをずいぶん気にしていた。それがいつも不思議だった。もとより誰かと暮らすことなんて想像もしていなかったから。

知識をくれた。技術をくれた。蓄えを残してくれた。それだけで充分なのに――。

ふと手を止めると、作業台の端にリントの使っている三角巾があった。

花柄のそれを見て自然と笑みが浮かんだ。

自分以外の誰かの気配。それがいつの間にか当たり前になっている。

リントが工房にいると以前までの張り詰めた空気が流れることがなくなった。

――それはなんの薬だ？　苦そうな香りだ。

――レシピをすべて覚えているとは恐れ入ったぞ。

リントの柔らかな低い声が響くと、工房には穏やかでゆっくりとした時間が流れる。その雰囲気がいつの間にか大好きになっていた。

ウルスラがソフィアに家族を与えられなかったことをしきりに悔いていたのは、誰かがそばにいる温かさを知っていたからかもしれない。

本を読むだけでは知ることのできないぬくもりをこそ、本当は授けたかったのかもしれない。

そう思ったら胸がいっぱいになった。

（師匠、あなたが与えたがっていたもの、わたしは手に入れたのかもしれません。なんだかそれは、すごく、心地のいいもので――)

「ソフィアさん、入っていいですか」

気がつけば、入り口のところにレイが立っている。

「あ、うん。いいんだけど、汚れていてごめんね」

掃除も整頓も欠かさないけれど、どうしても道具や材料の多さから雑然として見える。こびりついた薬草の匂いは取れないし、長年使い込んだ壁のシミは、お世辞にも清潔感があるとは言えない。

レイはあっさり入ってくると、ソフィアの斜め前にあった丸椅子に腰掛けた。

この家に住むと宣言して、はじめは「狭っ」「ぼろっ」「天井低っ」といちいち絶望的な顔をしていたから、なんとなく潔癖なのだと思っていた。だから工房なんかには寄りつかないと思っていたのに意外だった。

「どうしたの、なにか用事だった？　あ、おやつなら戸棚の中に……」

「子ども扱いしないでください！　そうじゃなくて、その……薬、竜人族のために作っていると聞きました」

レイの視線がソフィアの手元に注がれている。

「ひと言お礼を……ありがとうございます」

「ふふっ、薬師だから当たり前のことをしたまでです。でも、どういたしまして。レイくんて律儀なんだね」

笑顔を向けると、レイは居心地が悪そうに視線をそらす。

「僕、感じ悪かったですよね。急に家に来てわあわあ言って……」

「驚いたけどいやじゃなかったよ。レイくんも大事な用件で来たんだもの、気にしてないよ」

「ソフィアさんて心が広いですよね。なんだか毒気抜かれちゃうな。ひとりで怒ってても馬鹿みたいだ」

レイはあたりをぐるりと見渡す。

「この家もなんだか落ち着きます。実家より実家みたいっていうか」

「天井低いけど?」

「そ……れは、すいませんでした」

赤くなるレイにくすくすと笑う。

高貴な雰囲気からとてもプライドの高い男の子なのかと思っていたけれど、はじめの印象より素直な子らしい。

「なにか僕に手伝えることってありませんか？　それ、僕にもできます？」

「いいんだよ、そんな」

「でもやっぱり落ち着かないっていうか、申し訳ないっていうか」

「なにが？」

「ソフィアさんを家のことに巻き込んでしまっているから……」

「どういうこと？」

思い当たることがなくて首を傾げた。

「いや、だから、その薬……僕らの叔父貴のために作ってるんですよね」

「叔父貴……？　私は国王陛下の義弟さまのために……」

「はい、ですからドミニク殿下ですよね」

「そうだけど……」

要領を得ないままでいるとレイは怪訝そうに眉をひそめる。

「まさか知らなかったんですか？　ドミニク殿下が僕らの叔父ってことも――リント兄が竜人族の次期王ってことも？」

「は……？」

「リントヴァーン・ノイ・フランヴァルム。リント兄の名前です。彼は正当な王の後継者なんですよ」

レイの様子はとても冗談を言っているようには見えない。

だからといってあのリントが。しどけない姿でその辺を歩き回り、甘ったるい声で自分を呼ぶリントが、まさか次期国王だなんて素直に信じることもできない。

「う、嘘でしょ……」

混乱した頭で、なにか言わないとと思った。気の利いたことなんてもちろん言えるはずもないけれど。

「あー、そっか。それで……うわー……」

レイはひとり、合点がいったようで頭を抱えている。

「ソフィアさん、本当になにも聞かされてなかったんですね？　だからリント兄に掃除やら料理やら……」

「え、だって、そんな……本当に……？」

レイはまっすぐにこちらを向いて首肯する。

「事情を説明させてください。王家の親族間で揉め事が起きているなんて恥ずかしいこと、本当は口外すべきじゃないけれど、ソフィアさんには説明する義務があると思うから」

そうして、竜人国で起こったことを淡々と話し始めた。

「今からひと月ほど前、王——つまりリント兄の父上が病で崩御されたんです」

「えっ」

彼の父については、以前少しだけ聞いたことがあった。リントは父親のことを良く思ってはいないようだったけれど、まさか亡くなっていたなんて思いもしなかった。

「じゃあリントのお母さまは……？」

「リント兄がもっと幼いときに亡くなられています」

「ご兄弟は……？」

「いません。リント兄は一人っ子です」

「そう……」

　では、自分と出会ったときには近しい身寄りをすべてなくしたばかりだったということか。

　胸がきりきりと痛む。

　リントとの暮らしで、家族というものの温かさをやっと実感しはじめたのだ。それを失ったばかりのリントの胸中を思うと、こちらまで切なくなってくる。

「次期王の継承権にはじめに名を連ねるのがリント兄でした。実子ですから当然です。僕も家臣も、国民の皆もそれを疑っていません。だけど、反発したのが……僕の母です」

「レイくんのお母さん？」

「はい。国王の妹、リント兄にとっては叔母に当たりますね。名をヒルダといいます……ヒルダは以前より、王位にとてつもない執着をみせていました」

　自分の母を名で呼ぶレイの態度に葛藤を感じた。

　あえて母と距離を置く。そうしていないと冷静でいられないというような、そんな気持ちがにじんでいる。

「我が国では王位は男性にしか与えられません。そこでヒルダは自分の息子を玉座にあげたいと考えました。そのために邪魔なのが――」

「リント……」

悲痛な面持ちでレイが頷く。

「息子――僕より王位継承権上位のものたちです。まずはリント兄。そして二番目の叔父貴、ドミニク」

「あ、毒で苦しんでいらっしゃるのって……!?」

「はい。ドミニク殿下は竜王の弟でいらっしゃいます。人間の姫君に婿入りしてからは竜人族のまつりごとにはとんと関わりがなかったのですが、それで油断したんでしょう――毒は十中八九、ヒルダが盛ったものです」

「ひどい……」

毒と薬は紙一重だ。わずかな量の差で人の命を奪うものもあれば、救うものもある。だからそれを攻撃のために使う人のことがソフィアは許せない。

「リント兄にはもっと直接的に危害をくわえたんでしょうね。ひそかに集めていた臣下たちにリント兄を襲わせて、ツノを折ったんでしょう。というか、本当は殺すつもりだったはず。リント兄の力の前ではツノを折るのが精いっぱいだったのでしょうね」

好色ばばあの慰み者にされる。追い出されたくないがために言っていたけれど、事態はそんな冗談よりよほど深刻だったということだ。

本当は親族に命を狙われていた。家族を失ったばかりだというのに。

ぶるぶると震える拳を見て、ああ自分は怒っているのだと気がついた。

彼らの叔父への仕打ちに感じたのは薬師としての憤りだが、これはソフィア自身の怒りだ。

小さな身体をくったりと丸めていた、あの子竜の姿を思い出す。あれは命からがら逃げてきたところだったのだろう。

大切な人をぼろぼろにされた怒りは収まりそうにない。

「信じられませんよね。最低だと思います」

吐き捨てるようにレイが言う。その目の奥に悲しみの色が見える。

一番苦しいのはレイなのではないか。自分の母親が、慕っている兄貴分を殺そうとしているなんて。

本当は母親への悪態などつきたくないはずだ。けれど、リントを思って怒る人間が目の前にいればそう言うしかない。

レイに言わせるべきでないことまで言わせてしまったと気づいて、頭が少しずつ冷えていく。

「竜人族の王位争いに巻き込むようなかたちになって申し訳なく思います」

「わたしのことはいいんだよ。大変なのはリントとレイくんでしょう」

「母う……ヒルダも、リント兄が玉座についてしまえばそうそう手出しはできないと思うんです。だからなんとしても一緒に国に帰ってほしくて」

「そうしないと継承権一位のリントと、二位のドミニク殿下の命が危ないからなんだね」

レイは悲痛な顔で頷く。

「リント兄は竜人国に必要な人なんです。ソフィアさん、リント兄とずっと一緒には暮らせないってわかってくれましたよね？」

「う、うん……」

勢いに押されて頷き、あとから実感が迫ってくる。

次期国王。竜人族を統べる人。

自分が住む国の王の姿を思い浮かべてみる。建国記念のパレードで拝見した姿は人波の遥か遠くに見えるだけ。直接話すなんてとんでもない。

リントだって、本当はそんな存在だったのだ。

（ああ、でも、そっか。そうなのか……）

はじめて見た時から目を奪われた。

竜の姿でも人の形になっても、彼は同じ空間にいるのが不思議なくらいのオーラを放っている。だらけていてもどこか優雅で落ち着き払っていて、生活力のかけらも見受けられないのに、自信に満ちあふれていて。

次期王として育てられたと聞けば、それらもすとんと腑に落ちる。

異次元の存在に感じられたのは、なんのことはない。本当に、自分とは接点なんてかけらもない存在だったからだ。

「そうだね、リントはすぐに帰らないと」

笑顔は、上手に作れたと思う。

ずきずきと痛む胸には気づかないふりをした。

第四章　竜人の×××

リントとレイ。ふたりがこの家に住まうようになってから、生活のレベルがものすごく上がったと思う。

特に、料理の。

工房でひと仕事終えて食卓につくと、そこにはいつも湯気の立ち上る皿が所狭しと並べられている。

「このスープ、あく取りをちゃんとしたのか？　ブイヨンのえぐみが抜けていない」

「リント兄こそ、こっちのチキンソテーは味が薄すぎでは？　素材と香り付けのハーブに頼りすぎで、いまいち締まらない感じですけど」

「ばかめ。ソフィアは薄味が好きなのだ。そんなこともわからないとは観察が足りないな」

「でもこんな質のよくないチキン、味付けを濃くしてごまかすしかないじゃないですか！」

「このもっさりとした口当たりも、ソフィアが好んで買っているものだ！」

（今度からもうちょっといい食材買おうかな……）

節約のために選んだ安価な鶏肉だが、紛糾するほどおいしくないとは。なんだかいたたまれなくなる。

自分はあまり料理の味に頓着がないのだろう。

ひとりのときはランチといえばパンに少しのチーズやハム。温かいものが欲しいときには自分で煎《せん》じた薬湯を飲んでいた。

前菜やスープ、メインディッシュがあるこんなコース料理、作ろうと思ったこともない。

いささかいの種になっているチキンのソテーにナイフを入れると、皮目がパリパリと音を立てる。そのまま口に運べば肉汁がじゅわりと口の中に広がった。

「おいしい……！」

思わず感嘆する。

これがいつも自分が食べているのと同じ食材とは思えなかったし、なぜ揉めているのかもわからないほど美味だ。

「そうか、おいしいか！　俺が作った料理は！」

「どうやったらこんな味になるの」

「ソフィアが肉の臭みを消すために使っているハーブがあるだろう。それで薬酒を作ってから肉を漬け込むのだ。そうすると柔らかくなって臭みもとれる。表面は普通より強い火力で焼くのだ」

「強い火力ってどうやって……」

「ソフィアさん、本当においしいですか？　遠慮してません？」

レイが疑わしげな目を向けてくる。

「ううん、すごくおいしいの――えっ、こっちのスープもとってもおいしいよ⁉」

えぐみがどうだとか口論していたけれど、そんなのまったく感じない。透明なブイヨンはコクがあり、さいの目に切られた野菜の食感が楽しい。

「僕が作りました！」

レイが得意げに胸を張る。

料理はすっかりふたりの担当になっていた。凝り性なのか負けず嫌いなのか、競い合って作っているうちにいつもこんな豪華な食事が並ぶ。

美味しい料理を舌が覚えているから、それを再現できるのだ。

彼らが王族だということをこんなところでも実感させられてしまう。

これに文句を言うなんて、普段はどんなものを食べて暮らしていたんだろう。

「そういえばソフィアさん、昨日も夜遅くまで工房にこもっていたようですが、薬作りは順調ですか」

「うん、うまくいってるよ。もう二、三日あれば完成しそう」

「本当ですか⁉　それじゃあ叔父貴も空送《そらおく》りの儀式に間に合うかもしれないなあ」

レイが嬉しさを嚙みしめるように言う。

空送りの儀式、とはなんだろう。

それより、彼らの叔父の話をこの場でしていいのだろうか。

案の定、リントの眉が盛大にひそめられ、空気が一段すうっと冷える。

「おい」

「薬の効果ってすぐに出るものなんでしょうか。飲んですぐの長旅は、やっぱりまずいですよね？」

「おい、レイ。どこまで話した」

じとりと睨みつけられて、やっと自分の失言に気づいた様子のレイは縮み上がる。

やはりあの工房で話したのはレイの独断で、リントはなにも知らなかったらしい。

「え、あ、いや、その……」

「その様子だとなにもかも口を割ったとみていいのだな？」

「そ、そんなことないですよ。リント兄が次期国王ってことと、ヒルダが命を狙っていることしか話してません！」

「それを全部という」

「う……だ、だってしかたないじゃないですか！」

小さくなっていたレイは一転、開き直ってずいと詰め寄る。

「リント兄こそ、なんでソフィアさんに肝心なことなにも話してないんですか！　そもそもリント兄が悪いんですからね！　帰らないなんて意地張るから」

「お前また子どものときのように尻叩きの罰を受けたいようだな」

「罰なんて受けません！　僕間違ってないですもん！　わからずやのリント兄こそ、僕が尻を叩きましょうか⁉」

「いい度胸だ。表に出ろ。負けた方が尻叩きの罰だ。四つに割れるほど叩いてやるから覚悟しておけよ」

「ひいっ」

レイが蒼白になったところでソフィアが割って入る。

「ちょっとふたりとも落ち着いて。レイくんにはわたしからもお願いしたの、リントの事情を知りたかったから。だから、そんなに怒らないであげて？」

「そうか」

リントの返事は意外とあっさりしたものだった。

（勝手に事情を知ってしまって怒ってるんだと思ってたけど、違ったのかな？）

首を突っ込んだことについては問題がないのなら、とソフィアは気になっていたことを聞いてみる。

「あの……レイくん、空送りの儀式ってなに？」

「ああ、それは国王の亡骸を送る儀式のことですよ。王家の力の象徴とされる炎によって王の身を焚き上げ、空へと送り返すんです。竜人はもとは空の住人だったとも言われていますからね」

人間でいうところの葬儀にあたるものらしい。エトフォーレ王国では土葬が一般的だから、文化の違いに素直に感心してしまう。

「食事のときに辛気くさい話をするな。まずくなる」

「辛気くさいってことないでしょう。大切な竜人のしきたりですよ」

「れ、レイくん。もうその辺で……」

またリントの顔が露骨に不機嫌になったものだから、テーブルの下でレイの服をひっぱった。渋々といった様子で黙るけれど、納得はしていないようでむくれている。

リントは別に竜人のならわしに不満があるわけではないだろう。

この話題に触れたくないのは彼が父親を憎んでいるからだ。

力こそすべてという相容れない教えを説いた父に憤りを感じているのは以前聞いた。

その父親は亡くなっているから、もう和解もできないのだ。

竜王はリントにもっと話したいことがあったのではないだろうか。そしたら、お互いのわだかまりも解けたのでは。どうしてもそう思わずにはいられない。

いくら憎んでいるといっても肉親だ。最期の別れはリントの納得のいくものであってほしいと思うのだが。

「ねえ、リント。あとで街へ買い出しに行くから付き合ってよ」

ともかく、黙っていたらまた小競り合いを始めそうなふたりを引き離したくてそう提案した。


家からの一本道を道なりに行けば、半刻ほどで市場が見えてくる。

本来ここトロリエは国で一番の交易街だ。中心部はソフィアの家のまわりの静けさとはほど遠い喧騒で埋め尽くされている。

街路の両端には三階建ての建物が並び、それぞれ一階は商店や酒場、大衆食堂。その上は出稼ぎに来ている者の宿舎やさらにここから移動を重ねる行商のための宿になっている。

それら路面店の手前には簡素な木の骨組みに幌をかぶせた出店が並ぶ。

こちらは主に一時滞在中の他国民が開いている。

自国から運んできた珍しい果物や花、工芸品などが店先に並び、見たこともない紋様が刺繍された服を着た人々が聞き慣れない言葉を話す。

活気溢れる光景はいつ見てもお祭りのようだった。

ここでは人も物も一期一会だ。行く先が少しだけ交差した旅人たちに会える場所。非日常なにぎやかさに心が浮き立つ。

「それにしてもすごい人出だな。はぐれそうだし、手をつなぐか」

さらりと差し出された手に、自分のそれを伸ばすことを躊躇した。

「え、い、いいよ。そんな……子どもじゃないんだし……」

「……そうか」

あはは、と笑ってごまかすとリントは寂しげな顔をして、あっさりと手を引っ込めた。

その表情にちくりと胸が痛む。

以前までなら、はいはいと手を差し出していたはずだ。家では手をつなぐのも抱きしめられるのもなんだか当たり前になっていたから。

けれど今は、彼が王になる人物だと知っている。

高貴な身分の人だと思うとどうしても身構えてしまって、以前のように軽々しく触れ合うことをためらってしまうのだ。

「だから言いたくなかったのだ」

「え？」

「では、行くか」

ぽつりとつぶやかれた言葉は、市場の喧騒に紛れてよく聞こえなかった。

人波に向かって歩いて行く彼の横顔はいつも通りに見えたけれど、傷つけてしまっただろうかと気が気ではなかった。

「そこのきれいなお兄さん、ちょっと見ていってよ」

そばの出店からさっそく声がかかる。

恰幅のいい女性がリントに手招きをしている。出店には木彫りの工芸品が並べてあった。

「お兄さん、見かけないツノだね。なんの種族だい」

女性の視線はリントのツノに注がれている。

ここでは別の種族を見かけることだってそう珍しくはない。少しあたりを見回せば、三角の耳をぴょこぴょこと動かす猫の獣人や、鱗を水で潤している魚人族などが目に入る。

けれど市場の隅から隅まで探しても竜人を見つけることはできないだろう。

この町にしばらく住んでいるソフィアだって見かけたことはないのだ。竜人がほとんど他種族と交流を持たないという話は本当だろう。

ソフィアは慌ててリントと女性の間に割って入った。

竜人というだけで珍しがられてまわりの視線に晒されるかもしれないのに、リントは次期王。しかも命を狙われている。こんなところで騒ぎになるわけにはいかない。

「あ、あの、彼はえっと……」

「俺は鹿の獣人だ。こっちは折れてしまったが、反対は立派なツノだろう？　足もこんなにしなやかだ」

すらりと伸ばした足を見て、女性は納得したように頷く。

「確かにすらっとしてるねえ。鹿の獣人ってのはこんなにきれいなのかい」

「いいや、俺ほど美しいのはなかなかお目にかかれないぞ」

リントのツノはどう見ても鹿のツノではないのだが、あんまり堂々としているものだから不審に思われなかったらしい。

ソフィアはリントを引っ張ってそそくさとその場から離れる。

考えてみれば追っ手に狙われている人をこんな人混みに連れてくること自体間違っていたかもしれない。

「もう帰ろうか？」

「なぜだ、買い物があるのだろう」

「だってもしリントがここにいるってばれたら……」

「問題ない。俺の気配は消してある」

「でも……」

「俺は一生ヒルダの影に怯える暮らしはしたくない」

リントがきっぱりと言い放つ。

命を狙われるのは一体いつまで続くのだろう。ヒルダから逃げるあいだはずっとこそこそと隠れて暮らさなければならないのだろうか。たしかにそんなの、考えただけで鬱々としてくる。

「安心しろ、俺はばれるようなヘマはしないし、仮に見つかったとしても負けることはない」

「……わかった」

リントの言うことを信じようと思った。

彼の態度にはいつもと変わらぬ自信が満ちていたし、なにより逃げ隠れて暮らすリントはらしくないと思ったから。

目当ての日用品の店は市場の奥にある。

しばらく出店を眺めながら歩いて、とある店の前でソフィアは足を止めた。

「わあ、すごい種類の薬草を置いてるんですね」

そこは海を越えた国にしかない多様な種類の薬草を取り扱っていた。図鑑でしか見たことのない薬草を前に心が躍る。

「あんた薬草に興味があるのかい」

「薬師なんです」

「へえ、若いのに。ゆっくり見ていってよ。おまけもするからさ」

浅黒い肌をした店主の女性は笑顔を向ける。

「ねえリント、少し見ていってもいいかな——あれ？」

自分と同じように足を止めていると思った彼の姿は、振り返ってもそこにはなかった。

きょろきょろとあたりを見回してもリントの姿は見当たらない。

「もしかしてツノの生えたお兄さんかい？　それなら先に行っちまったよ」

「そうですか……」

声をかけずに立ち止まったから気づかなかったのだろう。まだそう遠くへは行っていないはずだから早く追わなければ。この人混みの中では、あとから合流するのは難しい。

(子どもじゃないからなんて言っておいて、本当にはぐれるなんて)

手をつなぐことを拒否したほうが進んで迷子になるとは。こんなんじゃ呆れられてしまう。

店主が教えてくれた方向へ急いで向かおうとすると、今歩いてきたほうの人の波が急に左右へ分かれていく。

その間を煌びやかな服を着た若い男が悠々と歩いてくる。後ろにはお付きの人間をずらずらと引き連れて。

「いやだねえ、貴族様は」

「南のガルトナー子爵だってさ。ここは商人の街だってのに、我が物顔で歩いちゃって」

傍らでは大きな荷を背負った女たちがひそひそと囁き合っていた。

領主でもない限り、この街を貴族が訪れることはほとんどない。雑然としていて優雅さに欠けるし、貴族の邸宅には出入りの商人が品を持って行くからだ。

だから来るとすれば、庶民文化へのひやかしか、あるいは秘密の買い物がある場合──例えば闇オークションなどに参加するときだ。

ガルトナーという威張り散らしている貴族はもちろん前者だろう。

どちらにせよ自分には関係のない話だ。そう思って立ち去ろうとするが──。

「おい娘、この俺が宿泊してやろうと言っているんだ。酌ができないとは何事だ？」

路傍の宿から様子を見に出ていた若い娘に、ガルトナーがなにやら話し掛けている。

娘が困り切っているのは傍目にも明らかで、その様子にソフィアは眉をひそめた。

「ですから、今日は予約がいっぱいで、ひとりのお客さんにつきっきりというわけにはいかないんです」

「では王都から娼婦を呼べ。お前のかわりに」

侮辱されうつむく少女を見かねて、気づけば彼らのあいだに割って入っていた。

「あの、その言い方ってあんまりじゃないですか」

「なんだお前は」

「ここは庶民向けの宿なんです。上等な接客を求めるなら、はじめから高級な宿に行くべきでは」

ソフィアの言い分にまわりの群衆からも賛同の声が上がる。

「お前……いい体つきをしているな」

「へ？」

どう返されるかとヒヤヒヤしていると突然腕を掴まれた。

「は、離して！」

「顔もよく見れば悪くないではないか。決めた、宿の店員がだめならお前が酌をしろ」

男の視線は明らかに自分の胸へと注がれていた。至近距離でじろじろと見られ、不快な感覚に思わず掴まれていた腕を振りほどいた。

「離してってば！」

「お前、家はどこだ。宿屋の娘か？　それとも商店の？　店の心配はしなくていいのか、ん？」

それは暗に、この辺一帯の店は自分の裁量で好きにできると言っているのだ。

大切なものを人質にとるようなやり方に憤りが募っていく。

そのとき、後ろから影が落ちた。

「久しぶりにお会いしましたね、ガルトナー卿」

振り向くと微笑みをたたえたリントが立っていた。

表情こそ柔和だが、その気迫にソフィアはしばし固まってしまう。

ガルトナーは視線を泳がせ、面白いくらいに狼狽《ろうばい》していた。

「り、リントヴァーン殿下!? な、なぜこんな人間の庶民の街に……いや、その、お久しぶりにお目にかかります。ま、まさか私のことを覚えていてくださったなんて」

「引退されたお父さまは聡明な方でしたからよく覚えていますよ」

その反面お前はなんて愚かなのだと言外に匂わせているようで。

ガルトナーは返す言葉が見つからないのか、そのままうつむいて黙ってしまった。

リントの声が急に一段低くなる。

「で、あなたこそこんなところでなにをしておいでか？ まさか、勤勉な民に無理難題を押しつけるために、ひやかしで訪れたわけではないでしょうね」

「いや、そんな」

「それに、私の連れになにか無礼を働いたようにも見えたのだが」

「えっ、は!? 連れ!?」

どうみても平民の格好をしたソフィアとリントを見比べて、すっとんきょうな声を上げる。

「どうなんです」

「も、申し訳ありませんでしたっ!!」

ガルトナーは平身低頭して謝ると、従者たちを連れて退散していく。

ソフィアは呆然としてその様子を見ていた。

まさかあれほどプライドの高そうな貴族が、あっさりと自分に頭を下げるなんて。目の前で起こったことが信じられない。

（ああ、やっぱりリントって王族なんだ……）

幼少から庶民とは違う教育を受け、上流階級の中で生きてきた人なのだ。今の立ち居振る舞いは一朝一夕に身につくものではない。

「大丈夫だったか？」

心配そうに覗き込んでくるリントは、さっきまでの高貴な気配はすっかり消えて、もういつものリントだった。

「う、うん。ありがとう……あの、ごめん。はぐれ――」

「はぐれてすまなかった。また迷子にならないように手をつなぎたいんだが、だめか？」

ねだる口調はなんだか甘えているようで。

ソフィアは手を差し出す。

「……つなぎたい」

「うむ」

リントは嬉々として指を絡める。そのつなぎ方に驚いて思わず離れようとするが、すでにがっちりと握られてしまった。

手をつなぐことは確かに今までもあった。けれどこんなつなぎ方じゃなかった。

これでは恋人同士のようではないか。

すり、と親指を撫でられて首の後ろがぞくりと粟立つ。

「り、リント!?」

「つないでいいと言った」

「言ったけど、こうじゃ……」

「手をつながないと言ったのは、俺が王族と知ったからだろう」

寂しげに視線を落とし、絡めた指の力が強まる。

「別にソフィアを信用していないだとか、そんな理由で言わなかったんじゃない。ソフィアに距離を取られてしまうと思ったから言えなかったんだ」

「あ……」

「そういうふうに壁を作られるのは本意ではないからな」

「ごめんね、そんなつもりじゃ……」

「でもまあ、男として意識しているから手をつなぐのが恥ずかしいと、そういう理由なら歓迎するが」

いたずらっぽい笑みを向けられて顔が熱くなる。

「あんまり悩ませたらまた手をつながないとごねられそうだ。ほら、行くぞ」

「え、そっちじゃないよ。今日買うのは日用品で……」

「人の話し声で聞こえないな」

「聞こえてるでしょ！」

リントに手を引かれるままに大通りから一つ逸れた道に入ると、そこは雑貨や装飾品の店が並ぶ通りだった。

ごった返すような雑踏はなくなり、客層も若者が多くなる。

「人混みで疲れたんだ。休憩がてらこのあたりをゆっくり見たい」

そう言われるといやだとも言えなくなってしまう。

「ソフィアは髪を飾らないのか？」

ガラスビーズを編み込んで作ったヘアアクセサリーの店先でリントが尋ねる。

髪なんてものは邪魔にならないように束ねてあればいいと思っていたから、質問に面食らう。

「こういうのも似合うと思うのだが」

「考えたこともなかった……」

年頃の娘たちがおしゃれをしているのを見て、かわいいと思う気持ちがないではない。

けれどそれはどこか他人事で、ソフィア自身が真似をして自分を飾り立てたいなんて思ったこともなかった。

「リントのほうが似合いそう……」

上質な糸のように艶やかで細い銀髪になら、繊細なビーズも似合うというもの。自分の赤茶色の髪にふさわしいとは思えない。

「では首飾りはどうだろうな。工房で作業するときもそれなら邪魔になるまい」

隣の店では天然石をマクラメ編みでアクセサリーにしたものが売っている。

きれいだと思うが、この中のどれが自分に似合うのか、ちっともわからない。ソフィアは考え込んでしまう。

まわりからは女の子たちの視線をひしひしと感じる。彼女たちはリントの姿に釘付けだ。

恋人らしき男性と一緒にいる娘ですら、顔を赤くしてリントを見ている。

そんな美しい人の隣に立っているのに、自分といったら。

ヘアアレンジは代わり映えしないし、服だっていつもの着古したワンピースだ。

なんだか急に、おしゃれのかけらもない自分の格好が恥ずかしくなってくる。

(リントと釣り合うなんて無理に決まってるけど、でも……)

少しはかわいいって思われたい。

アクセサリーとにらめっこしながらうんうん悩んでいると肩を叩かれた。

「ソフィア」

ほつれていた髪を耳にかけられ、そこになにかを挿し込まれた。

「うん、いいな」

リントは腕組みをして満足げに頷いた。

足元の水たまりを覗き込めば、耳の上に大きな白い花が飾られていた。

生命力に溢れたそれは美しく、アクセサリーよりよほどしっくりくる。

「きれい……」

「やはりソフィアには花が似合うな。みずみずしさがソフィアの可憐さをより引き立てていてとてもいい」

「あ、ありがと……」

「本当はらしさを追求してアクセサリーのひとつでも買ってやりたかったが、食客《しょっかく》の身なのでな。今日は花で許してくれ」

「らしさって？」

「ん？　デートなんだから贈り物のひとつでもさせてくれ」

「……デート？」

「そこに異論は認めん」

口を尖らすリントがかわいくて吹き出してしまう。

「リント、こんなところに連れてくるからわたしにおしゃれして欲しいのかと思った」

「あんまり目立つ格好をされても困る。皆がソフィアのかわいさに気づいてしまったら寄ってきた虫を払うのに忙しい」

過剰すぎる賛辞に照れてしまう。けれど嬉しいと思う気持ちが強いのも事実。自然と笑みがこぼれた。

「やっぱりいいな、ソフィアの笑顔は。アクセサリーなんかより、よほどお前の魅力を引き立てる」

「っ……！」

柔らかく微笑まれればまともに目を見られなかった。

ひとしきり中通りを見て歩き、メインの通りに戻って目当ての日用品を買った。用事も済んだからそろそろ帰ろうかと思っていると、リントが鋭い視線を一点に向けている。

「リント？」

「ちょっと待ってくれ」

リントが睨んでいるのは路面店の間の小さな路地だった。

「あいつら……」

「どうしたの？　誰かいたの？」

「ちょっと野暮用に付き合ってほしい」

路地の入り口にはふたりの男がいて、たばこをふかしていた。

それぞれ長い茶髪と黒髪の男は、リントを見るなりたばこを取り落として慌てふためく。

「こんなところでなにをしている」

「ひっ、な、なにもしてませんっ。ただ休憩をとっていただけで……」

「また悪巧みか？」

「ま、まさか。あれから俺たち足を洗って今はまっとうに働いているんですから」

ふたりの男はひきつりつつも媚びた笑みを浮かべる。

「リントの知り合い？」

男たちは庶民のようだった。その身なりはとても竜人と交流があるような高位の身分には見えない。

一体どういう関係なのかと、リントと男たちを交互に見やる。

「なに、前に少し世の中の厳しさを教えてやっただけのことだ」

「そ、その節はお世話になりましたっ！」

睨みを利かされた男たちは気の毒なくらい背筋を伸ばす。

その様子にソフィアは首をひねるばかりだ。

「で、今はなんの仕事をしてるって？」

「ここの商店で働いてるんですよ。裏の倉庫から品物を出したり、遠方に配達したり」

茶髪の男が隣の建物を指さす。

「あ、ここって……！」

ソフィアは思わず声を上げた。

そこは他国からの輸入品を主に扱う商店。表向きはまわりより少し広い店舗を有すること以外なんの変哲もない店だ。

けれどソフィアは知っている。この店の裏の顔を。

リントを競り落とすことになった闇オークションはこの店の地下で行われていたのだ。

リントもそのことに気づいたのか渋い顔をしている。

「本当に仕事はそれだけか？　疑わしいな」

「え、ええ……あ、もしかして地下のオークションのことを言ってますか？　あれは俺たちみたいな新入りは関わらせてもらえないんですよ」

「本当か？　嘘はためにならないぞ」

リントが拳を鳴らして見せれば男たちは首をぶんぶんと横に振る。

「まさか！　嘘じゃないですよ！　本当に地上の商店のほうで求人にありついて……」

「も、もしかして旦那、オークションに興味が？　実はとある情報がありまして」

「言ってみろ」

「今度のオークション、竜人のツノが出るらしいんです。それをお探しで……？」

男の視線が、ぽっきりと折れているリントの右のツノに注がれる。

「それ、本当なんですか!?」

食いついたのがソフィアだったことに男たちは面食らった様子だった。

「え、ええ。ツノが出るってのは確かですよ。オークションに関わりのある奴らが噂してましたから」

「なんでも次回の目玉らしいです。それが売れたらえらい儲けになるとか」

「リント……」

「くだらん情報だな。俺には関係ない」

「え、でも……」

「オークションに出されるのは間違いなく俺のツノだろう。人間の国で、そうそう他の竜人のツノが出回るとも思えんしな。だが俺はそんなものいらない」

「だ、だってツノがないと竜人の力は半減するって」

「力など必要ない。それとも、ソフィアは俺に竜人の力が少ししかないことがいやか?」

「そんなことないけど……」

そう言われるともうなにも言えなかった。

本人がいらないと言っているものをわざわざ取り戻す必要はない。そのはずなのに、胸のなかでもやもやとしたものが渦巻いている。

リントは男たちを解放すると家路につく。

その横顔を盗み見ても、ツノをいらないと言ったことが本心なのか、真意を探るのは難しかった。

家に帰ってくると、中はしんと静まりかえっていた。

レイに割り当てた客間をそっと覗くと、ベッドでは盛り上がった上掛けが規則的に上下している。

「ふて寝とはまだまだ子どもだな」

「リントに怒られたから反省してたんじゃないかな。起きたら慰めてあげないと」

ソフィアの部屋に戻りベッドに腰掛けるとリントもその横に座る。

(リントのツノ、本当に必要ないのかな)

先ほどもたらされた情報は、感情のままに切り捨てていいものなのか、ずっと気になっていた。

リントは力などいらないと言うが、だからといって元々持っていたものを奪われて黙っていていいのだろうか。

このままこうして暮らすのなら不便はないだろうけれど。

——ソフィアさん、リント兄とずっと一緒には暮らせないってわかってくれましたよね?

レイの言葉が脳裏に蘇る。

「リントは……帰るんだよね？」

竜人国で暮らすのならば、半減した力は不利に働くはずだ。

彼は竜人国の次期王なのだ。それが今日痛いほどわかった。

父親との最期の別れの儀式に、王への即位。帰らなくてはいけない事情は山ほどある。

こんなところにいる場合ではない。

たくさんの人が彼を待っている。

レイをはじめ、王宮に勤める臣下も国民も。彼が王として即位することを信じている。

帰らなくてはいけないに決まっている。

なのに小さく身体が震えるのはどうしてだろう。

答えのわかりきった問いなのに、返事を聞くのが怖いのはどうして――。

「ソフィア」

「ごめん、なんか馬鹿みたいなこと聞いちゃった。えっと、空送りの儀式だっけ。その日までには絶対国に戻らないといけないんだよね」

「ソフィア、聞け」

「レイくんはそれまでこの家にいるのかな。あ、ジャムっておみやげにいる……わけないか、あはは」

寄りかかるのが当たり前になってしまったら、それがなくなったときどうやって立てばいい？

だから誰かに頼るのがいやだった。

震えていた手をぎゅっと握られると、温かさに泣きたくなる。

答えをわざと先送りにするような空虚な言葉は、少し荒い語気に遮られた。

「ソフィア！」

「いいか、ソフィア。俺の帰るところは、お前の隣だ。ここがお前の家なら、俺の家もここなんだ」

リントがいない家を思い出すことすら難しいのに。

自分がたったひとりでこの家で暮らしていたのが今となっては信じられない。

「だってレイくんが……あなたの帰りを待ってる人は……」

「王はかわりがいる。でもお前の隣に並ぶのは俺だけだ。違うか？」

「リントはわたしが独り占めできるような人じゃないよ。そのくらいはわかってるつもり」

リントは不敵に笑って見せる。

「独り占めしていいんだ。なにせお前はこの俺を百万リーコで買った女なのだから」

「……じゃあレイくんに百万リーコで売ろうかな。そしたら丸く収まるし」

「あっ、ひどい！　さすがにひどいぞそれは！」

泣き出しそうになるリントはやっぱりいつものリントで、自然と笑みがこぼれた。

「やっと笑ったな。これでいつも通りだ」

「本当にいいの？　レイくん以外もみんなリントを捜してるんでしょ」

「言っておくが、ソフィアが追い出したとて俺は絶対に出て行かないからな」

「……そう」

不安がするすると解けていく。

強張っていた身体がやっと弛緩する。

「良かった」

思わず漏れた言葉に、リントは目を輝かせる。

「ということは俺に側にいてほしいということだな」

「いや、その……」

「俺がいなくなるのが寂しかったか？」

問われて言葉に詰まった。

――寂しい。

その感情はやっかいだ。一度抱いてしまったら塞がることはなくて、布のほころびのようにただただ広がっていくだけ。

そんな感情は自立には必要ないはずだった。

だから、見て見ぬ振りをしていた。

「ソフィア」

リントがいなくなったら立っていられない。だって、それは――。

「ソフィア、言ってくれ」

「い、いやだ……」

認めてしまったら、ひとりの食事も工房も、雨の夜も。二度と耐えられなくなる。

だから、気づかせないで――。

「俺はお前のそばにいるよ。ずっと」

「やめて……」

「これから先も、震えて眠る夜にはきつく抱きしめる。温かさが恋しくなったら俺の胸に来ればいい」

その言葉はとても甘くて。聞き入れてしまったらもう自分だけでは立てなくなることがわかっているのに。

それでも耳を塞げなかった。

優しい声になにかが決壊していく。

「――っ、寂しい……っ」

声に涙が混じって震えた。

「リントがいなかったら、寂しい。毎日、ずっとずっと、寂しくてしかたない」

その感情にずっと栓をしていた。

持て余さないように、引きずられないように。

優しい温度で栓が解かされると、あとからあとから寂しいという気持ちがわきあがって、はらはらと涙が溢れ出た。

リントが王族だと聞かされてからずっと不安だった。自分の前から姿を消すんじゃないだろうかと。

その事実と向き合いたくなかったのは、寂しいからだ。寂しくて、とてもつらいから。

きっともうずっと前から、リントがいない生活には耐えられなくなっていた。

「やだな……わたし弱くなっちゃったみたい。師匠に怒られそう」

「ソフィアは人の手を借りることを覚えたんだ。新しいことを覚えた弟子を叱る師匠はいないだろうよ」

伸ばした手の先はいつだって温かい。

「……なに笑っているの」

リントはなにやらにまにまと口元を緩めていた。

「いやなに、ソフィアがかわいいから」

言われてはっとする。慌てて涙でぐしゃぐしゃになった顔をぬぐった。

「こら、こするんじゃない。赤くなってしまう」

「ひ、ひどくない⁉　人の泣き顔をかわいいとか……！」

「ソフィアが俺のことを頼ってくれるのが嬉しいんだ。リントがいないと生きていけない、だなんてなんと殊勝な」

「い、言ってない、言ってない」

「俺がずーっと側にいてやるからな」

顔を隠していた手をどけられて、涙をそっと指先でぬぐわれる。

おずおずと見上げれば、慈愛に満ちた紅いまなざしが見下ろしていた。

ずっとそばにいてくれる。彼の言葉になんだか胸がいっぱいになって——気づいたら、リントの腰に抱きついていた。

「ソフィア……」

「わ、わたしが買ったんだから、い、いいでしょ、このくらい」

オークションのことにかこつけてなにかをしてもらうのははじめてだ。照れ隠しには意外とちょうどいい口実だなと思う。

「……よくない」

「え？」

頭の上から低い声が響いて、身体を引き剝がされる。

怒っているのだろうかと心配になった瞬間、ベッドに勢いよく押し倒された。

「っきゃ」

「ソフィアがかわいいのが悪い。さすがに我慢できない」

さっきまで慈しむようだった瞳には、ギラギラと欲が浮かんでいる。

「んむっ」

言葉を発する前に噛みつくように唇を塞がれて、中途半端に開いていたそこから舌が滑り込んでくる。

息をする間もなく、口内をリントの舌が暴れ回る。

奥へうねるものが迫り、押し戻そうとした舌をそのまま絡められた。

「っ、ふぁ……っ」

どちらのものかわからない唾液がソフィアの顎を伝う。

頭がぼうっとして、リントの服をきつく握った。


余裕がないことに気づく程度の頭は残っていたけれど、だからといってやめられるほどの理性は残っていなかった。

ソフィアが自分の服を摑む手が拒絶するものではないとわかったから、遠慮なく彼女の舌を食む。

「っ、あ……リント……っ」

息苦しそうな声がして離れると、熱い吐息に潤んだ目のソフィアがいる。

その姿だけで、自分の中心に熱が集まっていく。

「もっと、したい」

返事も聞かずに再び唇を合わせた。

恋愛慣れしていないソフィアだ。歩調は相手に合わせようと思っていた。

そんなふうに余裕ぶっていたのに、ひとたび彼女の肌を覚えてしまえば、本能のまま求めてしまう自分がいる。

ソフィアが顔をほころばせるだけで、香りがふわりと鼻を掠めるだけで、どうしようもなく彼女が欲しくなる。

知るほどに、ソフィアはかわいくて。愛おしさが日に日に増していく。

誰かのことをこれほど求めたのははじめてだった。

自分の中にそんな情熱があったなんて知らなかった。

ソフィアを夢中にさせるつもりが、気づけば自分のほうが溺れている。

「は、ふ……っ」

ソフィアの身体がくたりと脱力する。

上手く息を吸えなかったのか、肩で大きく息をしている。上気して赤くなった首筋に汗が伝うのを見て、ごくりと唾を飲み込んだ。

「熱そうだ」

ブラウスのボタンをみぞおちのあたりまではずしてやると、下着を押し上げている膨らみが目に飛び込んでくる。

指をひっかけてさらしをずりおろせば、ふるんと揺れて胸がまろび出る。

汗でしっとりと濡れた膨らみを下から持ち上げ、やわやわと揉んでみる。

華奢な身体には少々持て余す大きさだ。自分の手からもこぼれ落ちそうで、ずしりと重さがある。

膨らみにずぶずぶと指が沈んでいくのを見ていると、満たされると同時に、もっと求めたくなってしまう。

両手で膨らみを谷間に寄せて、指先に力を込める。

ぐにぐにと形を変えるそれと、少し困ったようなソフィアの顔の対比はクるものがあった。

「こんなに魅力的なものを持っているのに、ソフィアはちっともそれを理解していないんだな」

ソフィアにさらしをきつく巻くことを言いつけたのは彼女の師だというウルスラだろうか。

かつての国一番の大薬師に心から拍手を送りたい気持ちだった。

豊満な胸を無防備にさらけ出してそのへんを歩けば、今日みたいによからぬことを考えるやからがいたはずだ。

ソフィアはしっかりしているようで、そのへん疎い。

ウルスラもそれを理解していたのだろう。身を守る術を彼女に教えてくれていてよかったと思う。

「自分じゃわからないけど……リントが気にいるなら、よかった」

どこか照れくさげな微笑みを見て、心臓の音が速くなる。

「悪いな、俺ばかり楽しんで」

「え――、あんっ」

膨らみの中心で控えめに咲いていた飾りをぴんっと弾いてやると、とたんにソフィアの口からは甘い声が漏れる。

「あっ、待……っ」

「口を閉じようとするな。そのまま声を聞かせてくれ」

淡い桃色はだんだんと濃く色づいていく。

ふにゃりと柔らかかったものに少し芯ができたのを感じて、リントは片方をぱくりとくわえ込んだ。

「ひぁっ」

唾液を舌先に絡めて、じっとりと舐め上げる。

もう一方は根元をきゅっとつまんで、そのままくりくりと指を擦り合わせる。

「あっ、ああっ、だめ……ぇ」

左右に別々の刺激を受けて、飾りはすっかり硬くなる。

口を離すと、唾液に濡れて赤い突起はてらてらと光っている。

「リント……っ」

ソフィアの目にもじわりと欲が滲んでいる。

艶めいた身体に似合いの、欲情した顔。リントは満足げににんまりと口元を緩める。

ソフィアが暗に続きをねだっている。その事実に、自分の中の支配欲が少しだけ満たされて、余裕が戻ってきた。

ソフィアは焦って食べるには惜しい。彼女の表情も、声も、身体の変化も、じっくりと味わって堪能したい。

リントは中途半端に脱がせていた服をすべて脱がしにかかる。

ブラウスのボタンを最後まではずし、ワンピースを足元から抜くと下着姿になったソフィアはもじもじと足を擦り合わせる。

「リント……」

「ん？」

「そ、そんなに見ないで」

頭から爪先までしげしげと見下ろしている自分がいた。

ソフィアの真っ白な身体は見ていて飽きない。それに、見られて恥ずかしそうにしている表情がなによりたまらない。

下着に手をかけるとソフィアの手がそれを制止する。

「わ、わたしばっかり裸で恥ずかしいから」

「そうか」

ソフィアを脱がすことに夢中で自分は服をすべて着たままだった。

さっさとすべて脱いでベッドの下にばさばさと落とすと、ソフィアは顔を真っ赤にして目を背ける。

（恥ずかしいのか）

かと思えば、視線はちらちらと自分の肌に向けられている。

恥ずかしいけれど、見ずにはいられないのか。

ウブな反応と、抑えきれない好奇心。それがいかにもソフィアらしくて、思わず笑ってしまう。

「な、なに。なにがおかしいの？」

「いや、かわいいなと思って」

わざとしっとり濡れた声を耳元で囁いてやる。

面白いくらいにうろたえるから、もっとからかいたくなってくる。

「り、リントはずるいっ、そうやってたまにかっこいい声出すんだから」

「……かっこよかったのか？　それはお褒めにあずかりなによりだな」

「……かっこいいに決まってるよ。市場でだって、わたしのこと助けてくれて」

ぽつりとつぶやかれた言葉に心臓を打ち抜かれたようだった。

からかうつもりがとんでもない返り討ちだ。

恋愛ごとに疎いソフィアだからこそ、こうして異性として意識してくれることが嬉しい。

「はぁ……」

「リント？」

頬がじわりと熱い。

照れる、なんて感情が自分にあったことに少なからず驚いていた。

「なかなか煽ってくれる」

「え……きゃあっ」

油断していたソフィアの下着をするりと脱がせれば、お互いに一糸まとわぬ姿になった。

片足を自分の肩に乗せると彼女の秘所が眼前に晒される。

「やっ、待って、恥ずかしいから……っ」

「俺の身体も存分に見ていていいぞ」

わざと余裕ぶって笑ってみせると、秘裂に沿って指を這わせる。

「あ……っ」

「胸を弄られて気持ちが良かったか？」

閉じた部分をなぞればぬるりとしたものが指先に絡みつく。

そのまま溝を上にたどっていって、閉じた中にぐり、と指を挿し入れた。

「あ……！」

びくりと全身が震え、瞳はなにかを期待してしっとり濡れている。

はじめは感じすぎるからと怖がっていたところも、一度快感を覚えてしまえば受け入れるのに時間はかからなかった。

ソフィアの身体を隅々までたっぷりとかわいがることができるようになったのは喜ばしいことだ。

（やっと竜人のアレを使うことができるしな）

リントは口元をにんまりと緩めると、胸の突起を吸い上げる。

「ん、は……ぁっ」

同時に二本の指で秘めた芽を優しくこねる。

もどかしいくらいの刺激が今はちょうどいいようで、ソフィアは悩ましげに腰を浮かせる。

「ひ、ん……っ、あ……」

なにもはじめから強い刺激を与えなくても、ソフィアの身体は敏感に快感を受け取ってくれる。

「気持ちいいか?」

「っ……」

なにかに耐えるみたいに目をきつくつぶって、こくこくと頷いている。

気持ちいいことを認められるようになったのはいい兆候だ。

リントはもう一方の手で秘唇を刺激する。

蜜の絡まる花びらを撫でると粘ついた音がして、そのまま指先に透明な液体を塗りつけてからナカへと挿し入れる。

じっとりと湿った肉壁をぐるりとなぞると、隘路は怪しくざわめいた。柔らかさは申し分ない。

もっと質量のあるものを受け入れたいとひくつくそこへ一本指を増やし、バラバラに動かして、内壁をとんとんとたたき上げていく。

「あっ、あんっ、ああっ」

規則的な動きに合わせて、甘い声が上がる。

吐き出された蜜が空気と一緒にかき混ぜられる。リントはわざと指の動きを激しくしてじゅぶじゅぶと大げさな音を立てた。

「ひっ……ああっ」

耳からも行為のいやらしさを自覚させられたようで、ソフィアの嬌声が甲高いものになる。

「ソフィア、かわいいぞ」

「や、だめっ、耳元で……っ」

「だめなのは、どうしてだ？　……もっと濡れてしまうから？」

「っ……！」

蜜壁がぎゅっと迫ってくる。

自分の声に感じてくれるとは、なんていじらしいんだろう。

きゅうきゅうと切なく締まる蜜路は頂点が近いことを知らせていた。

「今、イかせてやろうな」

「あっ、待って——ああぁ……っ！」

視線が合った瞬間、花芽をきゅっとつまみ上げた。

追い立てられるようにして、ソフィアは達する。

うねる路に指が締めつけられ、瞳は切なげに細められる。

「〜〜っ！」

四肢がぴんと張り詰め、ぶるぶると震えたあとくったりと弛緩する。

「っ、はあ……っ、はあ……」

深い海の底から戻ってきたかのように空気を求めて喘ぎ、虚ろな目は敷布を見つめている。

「気持ちよかった、か？」

「……うん」

「っ……！」

その返事は、無意識のものなのか、それとも自覚があるのか。定かではないが、ソフィアが快感を認めたことが嬉しくてしかたない。

「俺の指でされるのはヨかったか？」

「ん……」

「もっとされたいな？」

「ん……、ん？」

惰性で返事をしていたらしいソフィアは眉をひそめる。

「え、今なんて……」

返事のかわりに両足を肩に乗せると、猛る先端を濡れそぼる秘裂に押し当てる。

「ソフィアがあんまりかわいいから」

「えっ、……んあっ」

ちらりと赤い粘膜が見えたと思ったら、あとは隙間なく自分の猛りが押し入っていく。

先が飲み込まれれば、蜜濡れのそこはあっさりと熱い塊を飲み込んでいった。

「あ、あ、ああっ」

ずぶずぶと熱い杭が打ち込まれていくのに合わせて、ソフィアは下肢をふるふると震わせて耐えている。

質量のあるものを受け入れて息苦しいのか、呼吸が浅い。

苦しいのは、リントも同じだった。

イったばかりの痙攣がまだおさまっていなかったらしく、奥へと誘ってきつく締めつけられ、今にも持っていかれそうだ。

怖がらせないように性急に突き込むことはするまいと思っていたが、そうも言っていられない。

中程まで飲み込まれたところで、ソフィアに恐怖心はないようだと悟ると、ぐっと腰を押しつけた。

「あぁぁっ！」

最奥に切っ先が届くと、泣き出しそうな嬌声が上がる。

けれど、その目に浮かんでいる涙は快感からくるものだ。

「すまないな」

ソフィアを落ち着かせてから動こうと思っていたのだが、そこまでしている余裕はなさそうだ。

ひとこと断りを入れると、リントはがつがつと律動をはじめる。

「ソフィア、ソフィア……っ」

うねる蜜壁に耐え、こめかみからは汗が伝う。

下で揺さぶられるままになっていると思ったソフィアがこちらに向かって手を伸ばす。

「リント……っ」

名を呼ばれ、きつく抱きしめられる。

「ソフィア、好きだ……っ」

どうしようもなくそう思った。

自分が恋をしていることを、いやでも自覚させられてしまう。

名前を呼ばれただけで、嬉しくて、どこか切ない。愛しさでどうにかなりそうだなんて。

がつがつと抽送を繰り返しながら、リントもソフィアをきつく抱きしめる。

「俺はお前の前ではただの男だ」

竜人だとか、王だとかそんなのは関係がない。

ただひとりの男として、ソフィアが好きだ。

「っ、く……」

一番奥で、欲がはじける。

心地のいい倦怠感が広がっていく。

「リントは……気持ちよかった？」

おずおずと聞かれ、その様子に自然と目を細めた。

「当たり前だ」

気持ちよすぎて、余裕などどこかにいってしまった。ソフィアにそれに気づく経験値がなくてよかったと思った。

格好悪いくらいがっついてしまったことを気づかれなくて済んだ。せっかくかっこよかったなんて褒めてもらったのに、みすみす評価を下げるところだ。

ソフィアの中で、また自身が熱を持ち始めている。今のだけでは到底足りない。

早かった、というのも気づかれなくて済んだことに安堵する。

まだまだソフィアの中にいたい。

けれど、自分ばかり楽しんでいるわけにもいくまい。

リントはずるりと一度隘路から熱を抜き去った。

リントが放ったものが栓を失ってどろりと溢れ出てくる。

白いものの中に少なくない透明なものが交じっている。今しがた自分たちが絡み合っていた証拠が目に見える形で吐き出されたようで顔を赤らめてしまう。

リントは、自分を心から求めてくれたのだと思う。

少し性急な様子になんだか満たされた気持ちだった。

リントは自分の嫌がることはしない。いつでもこちらを気遣ってくれる。それをわかっているから、我を忘れて求められると本音をぶつけてくれていると感じて余計に嬉しい。

隘路が一度、きゅうっとせばまった。

心は満たされたと思ったのに、身体はまだ彼を求めているらしい。

自分でも気づいていた。

本当はまだ少し足りない。もっとリントを中で感じて、深くまで落ちていきたい。

そんな気持ちがちらりと顔を覗かせる。

一度達して、中でも彼を受け入れたのに、おかしな話だ。

「ソフィア」

「あ、うん。今どくから」

待ってくれ、というように伸ばした手をそっと取られる。

そして指先に口づけを落とされた。

「リン——ひあっ」

そのままペロリと舐められ、舌先が指の付け根に下りてくる。

「な、なんっ」

「まだ終わるつもりはないんだが」

上目遣いの紅い瞳にはまだ燃える情欲が滲んでいて、身体の熱がぐんと上がった。

「少し、手伝ってくれないか」

取られた手を導かれ、髪よりも少し陰った色のリントの下生えに触れる。

どうするつもりなのだろうと思っていると、茂りをかき分けた先に——なにか、ある。

「は、え？」

明らかに肉の弾力だ。ぷにぷにと皮膚の感触がある。

長細くて、ちょうど人の指の大きさに近い。

きわどいところに触れているのも忘れて、ソフィアは混乱しながらそれに指を這わせた。

そこにあるとすれば、普通は男性の秘めた性器のはず。

だが、肝心の性器は目の前でゆるい硬さを保ったまま存在感を放っている。

では一体自分が触れているこれはなんだというのか。

異性といえど身体のつくりは本の図解で何度も見たことがある。だがどの本にもここに突起があるなんてことは書かれていなかった。

「……っ、ふ」

リントの口から熱い息が漏れるのを聞いてはっと顔を上げた。

目の端がほんのり赤くなり、頬もじわりと上気している。

悩ましげにひそめた眉がとてつもない色気を放っていて、思わずごくりと唾を飲み込む。

「いや、悪い。あんまり積極的に触ってくるものだから」

「あ、ごめっ、痛かった？」

「いいや。まあでも優しくしてくれると嬉しいがな。なかなか敏感な器官らしいから」

リントはソフィアの中指をそっと握ると、優しく上下させる。

すりすりと撫でさすられると背筋がぞくぞくと粟立った。

「こういうふうにしてくれると、とても嬉しい」

「わ、わかった」

ソフィアはその正体もよくわからないままに、言われたとおり優しく上下に撫でさする。

「ソフィア」

「っん」

リントの指先が太ももを撫でる。

さっきから触られるところすべてが気持ちいい。

「い、いたずらしないで……っ」

「ソフィアは真面目だな。いやなら俺のそれもつねったりしてみたらどうだ」

喉の奥でくつくつと笑われる。

こっちは言われたとおりのことをしているというのに。

一瞬、本当につねってやろうかと思ったけど、それはやめておく。

「……ここ、敏感なところなんでしょう？　かわいそうだからしないであげる」

「まあ敏感だが、意外とソフィアにならつねられたり叩かれたりしても気持ちいいかもしれないな」

そのうちに、手の中のそれがだんだんと硬さを増していることに気づく。

おずおずと視線を向ければ、銀の翳りの中から、親指ほどの大きさの突起が顔を覗かせていた。

「なっ、なん……!?」

小さな男性器のようでもあるし、肥大した女性の秘芽にも見える。

とにかく、こんな形状の器官を見るのははじめてだった。

それは熱を持った肌のように、内側から赤く熟れた色をしている。

「複茎、という」

頭上からリントの声が降ってくる。

「竜人の性器はすごいと言ったろう？　これがその秘密兵器だ」

「複茎……？」

「もうひとつの陰茎、という意味だろう。……すっかりそっちに釘付けだな。ちょっと妬ける」

困ったような笑い混じりに言われる。

「はじめて見るものに好奇心を隠せないんだな。じゃあ、少しお勉強しようか」

所在ない手は再び複茎に導かれる。

さっきまでの撫でるだけの手つきと違い、ぎゅっと上から握らされそのままの握力で上下にさする。

「い、痛くないの……？」

「硬さを持ってきたから今はこれくらいがいいのだ。ああ、ちなみに――」

リントの唇が耳元に寄せられる。

「ソフィアの中に入っていたそれも、こういうふうにしてくれるととても喜ぶ」

「っ！」

言うなり、腰に猛りを押しつけられる。そこはすっかり熱さと硬さを取り戻していた。

赤黒いものが自分の肌に触れているのを見て、ずくんとお腹の奥が疼いた。

「やだあ……っ」

「集中できないか？　悪いな。すぐにちょっかいをかけたくなってしまう」

うらめしげにリントを見やると、手の中のものの感触が変わっている。

「え……？」

弾力はそのままに、指にぼこぼことひっかかる感触がある。

「見てみるか？」

おそるおそる手を開くと、複茎は握る前の見た目とは変わっていた。

「鱗……？」

爪ほどの大きさの鱗状のものに覆われており、竜の鱗ほど硬くはないが、凹凸がはっきりわかるくらいには硬度を保っている。

「刺激を与えると形状が変わるのだ。ひとつ賢くなったな。竜人の性器を見たことのある人間はそういないから、まわりに自慢できるぞ」

授業のまとめのように締めくくられる。

「ちょ、ちょっと待って！　これ、な、なんのためにあるの？」

一番知りたいのはそこだった。

身体の器官はどれもなんらかの役割を持っているはず。

もう一方の陰茎というならば生殖に必要な器官ということなのか。

「もしくは排泄……？　そもそも竜に由来する器官なのだとしたら、その仕組みから知らないといけなくて……」

「どうだ、わかったか?」

ぶつぶつとつぶやいていると顔を覗き込まれる。

「やっぱり……生殖に使う器官なんじゃないかと……」

「半分正解、半分ハズレだな」

リントはにんまり笑うと、いきなり隘路に怒張を突き込んだ。そのままがつがつと抽送をはじめる。

「やぁっ、あんっ」

いきなりの刺激に大きな嬌声が漏れる。

猛りはギリギリまで引き抜かれ、今度は隘路の浅いところを小刻みにこする。

「そ……っ、だめ……っ」

「複茎は性交のときに使う器官だが、別に生殖にはなんの影響も及ぼさない」

張り出した肉の傘で内壁を刺激されて、身体の奥から甘い震えが来る。思わず、足の先をぎゅっと丸めて耐えた。

「ああ、どんどん溢れてくる」

抽送のたびに、中で溢れた蜜が掻き出される。

リントは花唇をてらてらと濡らすそれを指先で掬い上げると、複茎に塗り込めた。

赤く熟れた鱗が濡れ光っている。

その光景はとても淫靡なもののようで、しばし見とれてしまった。

「生殖に影響はないが、身体を繋げるのがいつもよりヨくなる——こんなふうに」

リントはその複茎を、そっとソフィアの秘玉にあてがう。

そうして一度、ゆるく律動した。

「ふあぁっ」

滑る凹凸が包まれたままの芽を優しく擦る。たったそれだけの刺激で、もうたまらない気持ちになる。

「痛いか？」

ふるふると首を横に振る。

むしろその逆だ。

気持ちが良すぎる。柔らかいのに硬い不思議な感覚は、人間には持ち得ないもので、敏感なところを擦られるとおかしくなりそうだ。

「気持ちよすぎてっ、すぐに達してしまいそうなの……っ。今度は、リントと一緒がいいのに。……リント？」

リントは口元を押さえ、小さく震えていた。

おずおずと顔を覗き込もうとしたとき、手でそれを制された。

「頼む、そう煽ってくれるな。これで出たらさすがに恥ずかしすぎるぞ」

「え……きゃあっ」

「すまない、少し動かせてくれ」

とんとんと切っ先が奥を叩く。

リントから少し余裕がなくなっている。なにかに耐え、歯を食いしばる様子に胸が高鳴った。

「複茎は、竜人の男に与えられた、愛しい女をヨくするための器官だ。お前がこれで感じてくれるなら、竜人冥利につきる」

「あっ、だめ……っ、きもち、いっ」

律動しながら、複茎をうっすらとした茂みに押しつける。

抽送に合わせて細かい鱗が秘玉を擦っていく。

「それ、や……ぁっ」

鱗が秘玉を刺激して、ぷくりと顔を覗かせる。真っ赤に熟れて敏感になったそこへ遠慮のない刺激が襲いかかる。

「ふ、ああっ」

ソフィアはかぶりを振ってそれに耐える。

とろけて腰の感覚がないのに、動かれると四肢がびくびくと跳ねた。

花芽を擦られるたびに隘路が締まって、熱杭をさらに締めつける。

「食いちぎられそうだ」

耐えるように顔をしかめたリントにも余裕がなさそうだった。

腕にすがりつけば、白い肌はしっとりと汗ばんでいる。

「すっかりとろけた顔になったな」

「や……ぁ」

はしたなく声を上げていたことが恥ずかしくなって、力の入らない足をなんとか閉じようとするが、反対に両足を持って大きく開かされてしまう。

その足を顔の真横につくほどに持ち上げられる。

「待って、ぇ……こんな格好……っ」

繋がったところが眼前に晒され、身体の熱がさらに上がる。

これではリントの怒張が出入りするところも、膨れた秘玉の上を鱗が滑るのもすべて丸見えだ。

「ほら、お勉強だ。ここをどんなふうにされているのかしっかり見ておかないと」

二本の猛るものが自分の蜜で濡れそぼったところを攻めている。ぐちゃぐちゃになった粘膜をこすり、突き立てる杭の様子はとても淫靡だった。

リントが腰を動かせば、肌を打つ乾いた音と粘ついた液体に空気の混じった音が鳴る。

「っ、や、もう――っ」

隘路が蠕動《ぜんどう》しはじめたのを見計らって、一度強く複茎で擦られる。

あっけなく達した身体はびくびくと激しく痙攣した。

「っ、はぁ、は……」

呼吸を整えている間もまだ秘唇のひくつきはおさまらない。

だがリントはふたたび蜜路の最奥へと杭を突き込む。

「ふ、あぁぁっ!!」

敏感になっていたそこはそれだけでまた簡単に達してしまう。

「や、ま、待って……っ」

「かわいいぞ、ソフィア」

息をつく間もなく肉壁を擦られ、かと思えば肉粒を押し擦られる。

どちらへの刺激で達しているのかわからないくらい、敏感なところへの刺激で頂点から落ちていくことを許されない。

「う、っ、ぅあ……っ」

息が止まりそうなほどの快感の波が襲いかかってくる。

手が自由なリントは腰をがっしりとつかんだままだから、そこから逃げることも許されない。

てくる。

どろどろに溶けたように感覚のない下肢から、気持ちいいという情報だけが頭に伝わってくる。

「も、だめ……ぇ、おかしくなっちゃ……！」

「いいぞ。俺と一緒に、おかしくなってくれ」

燃える瞳に射貫かれれば、一瞬ときが止まった錯覚に陥る。

劣情を孕んだ深紅はどこまでも綺麗で、淫らで——。

一緒に墜ちてしまいたい。

リントとなら、快楽の波に呑まれてもみくちゃにされてみたい。

——自分が自分でなくなるくらいに。

そんなことを思わずにはいられない。

「リント……っ」

切羽詰まって掠れた声で呼ぶ。

瞬間、きつく抱きしめられて荒々しいキスが唇を塞いだ。

食べられてしまいそうな口づけに必死についていけば、激しい律動に責め立てられる。

「んあっ、ふ……あぁっ」

絡めた舌の間から甘い声が漏れてしまう。

ぐりっ、と花芽が擦られて、一層大きな声を上げた。

「あぁっ、は、ぁぁっ――っ!!」

がくんと身体が大きくしなり、頂点に達したことを告げる。

けれど、リントは止まらなかった。

「はぁっ、ソフィア……っ」

「やっ、待って、まだっ、あ、ああっ」

高みから充分に休む間もないまま再び限界を迎える。

リントはぴんと尖った胸の突起を軽く噛み、律動をやめる気配はない。

「だめだめだめっ、また、――あああっ!!」

もうこれより上はないはずなのに、身体は何度でも限界を迎える。

隘路はきつくうねり、リントのものをつかまえようと蠕動している。

腰を打ちつけられるたびに、複茎が敏感な所を遠慮なく刺激して、吐き出された蜜が飛び散った。

「だめっ、リント、リント……ぉ」

「ソフィア、もっと、もっとだ。もっとお前が欲しい」

「リントっ」

秘玉がごりっ、と擦り上げられる。

最奥を肉槍で押し広げられる。

その瞬間、自分の中で熱い飛沫が散ったのを感じた。

「あぁぁ――――――っ!!」

「くっ……」

同時に達し、深くまで落ちていく。のしかかる彼の重みすら気持ちがいい。

全身でリントを感じ、ソフィアは多幸感に包まれながら敷布に沈み込んでいった。


「――ア、ソフィア。平気か?」

「ん……?」

心配そうな顔のリントがこちらを覗き込んでいる。

重いまぶたをゆっくりしばたたかせると、リントは安心したように微笑んだ。

「え、わたし、寝てた……?」

「というより気絶だな。すまない、休ませてやりたかったのだが、気分が悪かったらと少し心配でな」

「どのくらい、気絶……」

「なに、たいした時間ではない」

安堵して表情から強張りのとれたリントが、あれこれと世話を焼いてくれる。

清潔な布で身体を拭かれ、どろどろにぬかるんだ秘所も世話されるが、恥ずかしいとつっぱねる気力も残っていなかった。

全身がぐったりと重い。

筋肉がきしんで、疲労が溜まり、悲鳴を上げている。

新しい下着を身につけられるあいだも、喉はからからで、水を用意してくれてやっとまともにしゃべれるようになった。

「すごかった……」

「すまなかったな」

思わず独り言をつぶやくと、リントが眉を下げる。

「確かにソフィアを気持ちよくさせると言ったが、ここまで無理をさせるつもりもなかった。がっついて悪かった」

たしかに、行為の最中の彼は必死だった。

でも、そのほうがいい。ひとりだけ気持ちよくなるよりも、ふたりのほうが。

「一緒に、ってリントは言ったでしょ。わたしはそのつもりだったんだけど」

「ソフィア……！」

緩いワンピースを着せられた身体に、リントが勢いよく抱きついてくる。

ぐりぐりと頬を合わせられ、ああいつものリントだと笑ってしまう。

かっこいいリントも、壮絶な色気を放つリントも好きだけれど、普段はこうやって子犬のようにじゃれてくれるほうがいい。あんまり常日頃からかっこいいところを見せられたら、気後れしてどう接していいのかわからなくなってしまう。

リントはそのままごろりと横になり、後ろからすっぽりと抱きしめてくる。

背中にリントの体温を感じているとひどく安心する。

投げ出された手をつついてちょっかいをかけていると指を絡められた。

「ソフィア、すごくかわいかった」

「そ、そう……」

「いやらしくて、最高だった」

「もういいからっ」

耳元にかかる息も、その言葉たちもくすぐったい。

なんだか自分ばかりが恥ずかしがっているなと悔しくなる。

「リントこそ……か、かっこよかったんだから」

「ほう」

「い、色っぽくて、すごく……えっちだった！」

「それから?」

笑い混じりの言葉に振り向けば、案の定リントはにやけていた。

「ソフィアが褒めてくれるなんて、嬉しいことだな」

「お、おかしい！　結局わたしばっかり恥ずかしいことになってる！」

「もっと言ってくれていいんだぞ？」

すっかりいつも通りの余裕を取り戻している。リントは照れることなんてあるんだろうか。頭をひねっても思いつかず、身体のけだるさだけが増してくる。

「ソフィア、なにも考えずに休め。疲れているんだから」

「だって……」

「難しいことは頭の冴えているときに考えればいい」

髪を撫でられると眠気が増してくる。

リントをぎゃふんと言わせることを考えていたのに、なぜ本人になだめられなければいけないのか。それはちょっと納得できないが。

ソフィアはくるりと後ろを振り返り、至近距離で向き直る。

「ん？」

顔を見合わせれば少しは照れると思った。

しかし結局間近で見るリントの顔にどぎまぎしてしまったのはソフィアのほうだった。

「もう、負けでいいよ……」

「うん？　キスしてほしい？」

「言ってな……んっ」

ついばむような口づけを落とされると、いよいよ顔が赤くなってくる。

「うーん、すまない。あんまりしているとまた昂ぶってしまいそうだ」

太ももに下肢をゆるりと擦り付けられる。

下穿きの中で、中心がかすかに芯を持っている。

「これ以上ソフィアに無理をさせるつもりはないから、軽いものにしておこうな。本当はもっと深いのが欲しかったのだろうが」

「だから、言ってないって、ば……んむ……」

軽いリップ音を立てながら、時折下唇を食まれる。

そんなことをされていたら火が灯りそうなのはこっちのほうだ。

身体にはこれ以上の体力は残っていないのに、本能がリントの熱を求めてしまう。

ソフィアは慌ててリントの身体を押し戻す。

優しく細められた紅い瞳。自分が映るほど間近でそれを見て、ふと思い出した。

「あの竜……」

「ん？」

「あ、ううん。ちょっと、前に見かけた竜のことを思い出して」

森の薬草畑が燃えたときのこと。

あの日の光景をよく覚えている。

黒い煙を上げて、深紅の業火が緑を侵略していく様子を。

そして、上空にいた竜を。

影になっていてその姿は輪郭でしかわからなかったけれど、竜は苦しげだった。

広い空をうねりながら飛び、苦しさに耐えかねて火を吐く。

ソフィアにはそういうふうに見えた。

なにもかもを焼き尽くした炎。けれど、その翳りのない紅は見とれてしまうくらいきれいで。

リントの瞳を見ていると、そのときの炎を思い出す。

そこに在るだけですべてを侵略してゆく圧倒的な力。太刀打ちできないことはわかりきっていて、ただ魅了されるしかない。

「リントの目は火みたい。存在するだけでただただぼーっと見とれてしまうの」

「ああ……」

反応が思わしくない。どうしたのだろうと思っていると、視線を逸らされてしまう。

「リント？」

「いや、なに……山火事というのは竜が起こしたものだったのだな」

「そうなの。あの竜はどうしているのかなあ」

炎の先で苦しげにのたうつ竜をただただ見ていることしかできなかった。

願わくば、あの竜が無事に生き延びてくれているといい。そう思った。

第五章　愛しいという気持ち

ソフィアの住むトロリエの町より馬車で二時間ほど北へ向かうと、高原の町オリナントに行き着く。

国の最北部に位置するこの町は、商人で賑わうトロリエと比ぶべくもない田舎町だが、空気は澄んでいてとてもきれいだ。一年を通して穏やかな気候であり、貴族の療養地として密かに人気を集めている。

ぽつぽつと点在する大きな邸宅の並びを抜けてさらに進むと、ぐるりと堅牢な石垣に囲まれた城がある。

王家が療養のために使うこの城で、ソフィアたち三人は客間に通されていた。

重厚感溢れる石造りの外見通り、城内のしつらえも落ち着いた色味でまとめてある。

紺色のビロードが張られたソファの端っこに座れば身体がずぶずぶと沈み込む。

「ソフィアさん、そんなに緊張しないで」

書棚から適当な本を取り出してぱらぱらとめくっていたレイが振り向いて笑う。

緊張するな、なんて無理に決まっている。

なにせここは王の義弟が療養する城なのだ。

ドミニク殿下のために作っていた薬はやっと完成し、さてこれをどう献上しようかと思案していると「なら、直接届けに行きましょう」とレイが発案する。

王族なんて行ってすぐに会えるはずもない。そう止めたのだが、自分たちの名を出せば絶対に会えるとレイも譲らない。

半信半疑でついて行くと、あっさりと中に入れてもらえて今に至る。

本当に謁見の許可が下りると思わず、心の準備もまるでできていない。

薬を作っているあいだは早く届けたいともどかしく思ったものだが、いざ渡せるとなると尻込みしてしまう。

渡すにしても衛兵や従者に取り次いでもらえれば御の字だと思っていた。顔を合わせるなんて聞いていない。

「こんな突然来てよかったのかな。せめて先に手紙でも出しておくべきだったんじゃ」

「問題ありませんよ。叔父貴も僕らに会えて嬉しいでしょうし。ねえ、リント兄」

「ん？　ああ」

隣に腰掛けていたリントが物憂げな視線を向ける。

「……リント、大丈夫？」

リントはここ数日、なにかを考え込んでいるようだった。心配して手を伸ばすとそれをやんわりと避けられてしまう。

「問題ない。心配させてしまったな」

笑みを向けられるが、どこか心にひっかかる。

なんでもないと言われてしまえばそれ以上追及することもできない。そのくらいの、小さな変化。現にレイも特に疑問に思わないらしい。

けれどソフィアには彼が前とまるで変わってしまったように思えてならない。

どこが、と言われるとうまく言葉にすることが難しい。

会話はできるし、こうして微笑んでもくれる。

なのにどういうわけか壁を感じるのだ。

「そ……っか」

ソフィアも無理に笑みを浮かべた。

はっきりと拒絶されるのが怖くて聞くことははばかられた。

寂しい。

一度認めてしまった感情はちりちりと胸を焦がす。

どうしてリントはなにも言ってくれないのだろう。隣にいるのに彼をとても遠く感じる。

そのとき両開きのドアが使用人によって開かれた。

「あ、叔父貴」

レイの言葉に弾かれたように立ち上がる。

「レイルーク。それにリントヴァーン。久しいな」

車椅子に乗った男性が柔らかく目を細めている。

(これが、ドミニク殿下……リントたちの叔父さま)

歳は六十代なかばほどだろうか。口元を囲う長いひげと少しこけた頬のせいでもう少し上にも見えるけれど、肌の張りを見ると一見した印象ほどは年老いていない気がする。後ろになでつけられた髪もひげもグレーがかった銀色だ。瞳は赤が少し濁って、レンガの色に似ている。

リントたちの持つ銀髪と紅色の瞳も、老成すればこういうふうになるのだろう。そう想起させる色だった。

耳の上には彼らと同じツノが生えている。弓なりに天を向いていて、けれどリントのそれよりもひと回り小ぶりだ。

ツノは竜の力を宿していると聞くが、その大きさが力の大きさを表しているのだろうか。だとしたら、ツノが完全な状態のリントはものすごい力の持ち主ということになるのだろったう。

「もう大丈夫だ。少し彼らと話をさせてくれ」

ドミニクは車椅子を押す女性に声をかける。

男と同じ年頃の、落ち着いた色のドレスを着た女性は、目で頷くとゆるりと退室していった。

「妻にははずしてもらったよ」

「別にいてもらっても僕らは良かったんですけれど」

「いやなに、どうせ説教しにきたのだろう？　妻に見られたら恥ずかしい」

「では遠慮なく。毒を盛られるとはずいぶん腑抜けたものだな、叔父貴」

「ちょっ、リント⁉」

不遜な口ぶりに上ずった声が出た。

「はっはっは、その通り」

ドミニクは特に気にする様子もなく笑っている。失礼な物言いが通用する間柄らしいが、彼らの関係性をはじめて目の当たりにするソフィアは気が気ではない。

「ヒルダが王の崩御にあたって好き勝手やろうとするのは予想できていただろう。人間に婿入りしてずいぶん勘が鈍ったものだ」

「そうさなあ。まさかわしにまで手が及ぶとは思っていなかった。ヒルダの執着をあなどっていたよ。しかしそれを言うならリントヴァーン、お前もだぞ。なんだそのいびつなツノは」

「寝込みを襲撃されたんだ」

「お前こそなにをぐーすか寝ている。かーっ、かっこわる。変なかたち」

「……叔父貴が元気そうで安心したよ。あんまり減らず口を叩くとお揃いにするがいいか？」

こめかみに青筋を立てたリントが拳を鳴らしている。

「けんかしないでくださいよふたりとも、ここで暴れられたら収拾つきませんって」

「レイルークも元気そうでなにより……と言いたいが、お前十六か？　なんでまだそんなひょろひょろなのだ。ちゃんと食べているのか？」

「中毒起こしてる人に心配してもらわなくて結構です！」

「いやあ、楽しいなあ。お前たちとこうして集える日が来ようとは」

「あんたが奥方さまのほうの式典ばかり優先して竜人の催しに顔を見せないからでしょうが！」

「だってわし妻一筋なんだもん」

「もんとか言うな！　いい歳して！」

ヒヤヒヤしていたソフィアも、どうやらこれが彼らの当たり前の会話なのだと悟る。

王族の会話がこんなにくだけたものだとは知らなかったが、仲がいいと言っていたのは本当らしい。

ヒルダが彼らの命を狙っていると聞いて皆が険悪な関係なのかと心配していたが、ヒルダのほうがむしろ特異な存在ということか。

「本当に元気そうで良かったですよ。毒を盛られたなんていうからどうなることかと……」

「一時期は体調があんまりひどくてな。王都では起き上がるのも難しい日が続いて、こちらに移って療養することにしたのだ。今は持ち直しているほうだ」

「どうやって毒なんか盛られたんだ」

「国からいつも取り寄せているランジュの実があるだろう。あれに仕込まれていたらしい。わしの好物と知ってのことだろうな。運良く妻の作ったケーキをしこたま食べたあとだったから、がっつかずに致死量を摂取するのは避けられた」

大きな口を開けて笑っているが、起き上がれないほどの毒を盛られるなんて、相当つらかったに違いない。

本当に一命をとりとめてよかった。ソフィアは心底安堵する。

「叔父貴、紹介する。薬師のソフィアだ」

「おお、すまないな。身内だけで話し込んでしまった」

ドミニクは初対面で平民のソフィアにも対等に話しかけてくれる。ソフィアは慌てて頭を下げた。

「そ、ソフィアと申します……！」

「よいよい、そうかしこまらずとも。このふたりの馴染みなのだろう？　して、今日は？」

「叔父貴こそ頭を下げることになるぞ。ソフィアは解毒薬を作ってきた」

「なに、本当か⁉」

ドミニクの瞳が興味深そうに光る。

「こちらでございます」

ソフィアは大事に抱えていた包みを差し出した。

油紙のなかには丸薬が数粒。煮出した一番濃いエキスを使った薬だ。

「ソフィアはウルスラという薬師の弟子で、彼女自身の腕も確かだ。俺が保証する」

「大薬師ウルスラの？　それはありがたいことだな……」

ドミニクは感じ入ったようにつぶやくとまっすぐにソフィアを見つめる。

「ソフィア、ありがとう。わしは竜人の治癒力でこうして生きているが、いっときは本当に死を覚悟したのだ。妻の前で心配かけまいと気を張っていたが、本当は治りきらない体調に辟易していた。心から礼を言う」

「そんな、わたしの仕事は薬師です。だから当たり前のことをしただけで……」

「褒美はなにがほしい？　わしにできることならなんでも言ってくれ。それなりに便宜をはかれると思う」

「えっと、それは……」

願ってもない申し出だった。

彼が口添えしてくれたなら、宮廷薬師の推薦はすぐにもらえるはずだ。

けれど――。

「叔父貴、ソフィアは宮廷薬師になりたいんだ。推薦状を書いてくれ」

「なんだ、そんなことでいいのか。もちろんだ。竜人に効く解毒薬を作れる薬師など、城のほうから頭を下げて仕官してほしいと頼むだろう」

「いえっ、そんなっ……推薦は、もし薬がちゃんと効いたらで……」

「なるほど、謙虚なお嬢さんだ。よし、わしの体調がこの薬で万全になったらすぐにお迎えしろと推薦状に書こう。待遇も良くしてもらうようしっかり口添えさせてもらう」

「あ、ありがとうございます……」

「良かったですね、ソフィアさん！」

リントは、それでいいのだろうか。

宮廷薬師になれば、今の生活が続けられないことは明白なのに。

王都に居を構えることになるだろうし、忙しければ宮廷に出ずっぱりになるはず。

以前は「一緒についていく」なんて言っていたリントだが、彼が竜人国の次期王だとわかった今、それが実現するとは思えない。

つまり、一緒には暮らせない。

――リントは、帰るつもりなのだろうか。

祖国へ帰るか、それともソフィアとともに暮らすか。それを考えていてどこか上の空ということか。

だからと言って約束が違うと怒るわけにはいかない。自分の隣なんていうちっぽけな場所じゃなくて、リントにはもっとふさわしい立派な玉座が待っている。

帰ると言ってくれたら、笑顔で送り出す。そうするべきだ。わかっている。

痛む胸には気づかないふりをすればいい。

(迷ってること、言ってくれないのはわたしが止めるって思ってるから、とか……?)

ドミニクは壁に備え付けてある呼び鈴を鳴らすと使用人に水を持ってこさせる。そしてその場でソフィアの作った薬を飲み下した。

「持ってきた僕らが言うことじゃないですけど、なにかを口にする警戒心とか叔父貴にはないんですね」

「豪快なのがわしのチャームポイントだから」

「自分で言うんですか……」

「ソフィア、薬はいつごろ効いてくるのだろうか」

「あ……毒の量にもよりますが、数時間も経てばかなり楽になるかと」

「では明日の空送りの儀式は参列できそうだな」

——そうか、それで。

リントの態度にも納得がいった。

父親の葬列。そのあとにはリントの戴冠式があるとレイが言っていた。それが絶対に帰らなければいけない期限なのだ。

そのときが近づいて、帰国が現実的になってきたのだろう。

だったら、なおさら言ってほしかった。これではまともなお別れもできそうにない。

「兄上は逝ってしまったな。最期の別れくらいは顔を出さないと」

「戴冠式ではそのまま叔父貴が玉座に座るといい」

「なにを言っている。わしはリントヴァーンの勇姿を見たらすぐに帰るぞ。妻に寂しい思いをさせるわけにはいかない」

「あのなあ……」

「リントヴァーン、お前こそ父親との別れは無下にするなよ。中途半端なことをすると後悔するぞ」

父親、という言葉が出たとたん、リントの眼光が鋭くなる。

「余計な口出しは無用だ。心配せずとも、やつとの別れに後悔などない」

「そうかたくなになるな。あれでも兄上はお前のことを愛していた」

「愛だと。笑わせるな」

心底くだらないとでも言いたげに、笑い混じりに吐き捨てる。

「母が死んでから、あいつが俺を自分の後継者としか見ていないことがよくわかった。なにが『力こそすべて』だ。そうやって力で支配しようとしたから結局俺にも逃げられているではないか。そしてヒルダは権力という力を求めて血の繋がった親族を殺そうとしている。違うか？」

「リントヴァーン、そうではない。そうではないんだ。兄上がお前に伝えたかったことはきっと……」

「あいつを代弁するつもりなら、必要ない。本当に必要なことなら生前、やつが俺に直接伝えるべきこと。叔父貴の想像など、悪いが聞きたくはない」

「あっ、ちょっ、リント兄！」

不機嫌そうに眉根を寄せるとリントは部屋を出て行ってしまい、レイもそのあとを追う。

部屋にはソフィアとドミニクだけが取り残された。

「あ、あの、すみません。失礼な態度を……」

悲しげにうつむくドミニクを見ていると、なにか言わずにいられなかった。

「いいや、いいんだ。わしが間違っていた。たしかにわしがあやつらの関係に口を出すべきではない。それは兄上――王が生前に済ませておくべきこと」

「リント……あ、いえ、リントヴァーンさまはどうしてお父さまと不仲だったんですか」

「普段の呼び方で構わんよ。どうせここにはわししかいないし、わしは気にせん。――リントヴァーンの父親は、それはまあ不器用な男だった」

ドミニクは昔を懐かしむように目を細めた。

「生まれたときから立派なツノを持ち、次期竜王としての将来が約束された男だった。男はその道を粛々と受け入れ、国民に歓迎されて王になった。そして、妻をもらった。優しく美しい人だった。なによりも、よく笑う明るい人だった」

「それがリントのお母さまですか」

「そうだ。兄上は自分に足りないものをすべて持った妻をたいそう愛した。無骨な兄上が結婚してからというものずいぶん雰囲気が柔らかくなったことは、近しいものの目には明らかだった。そしてリントヴァーンが生まれる。父親の力と母親の美しさをもらった赤子だった。兄上はさらに家族を愛した。言葉にすることはなかったが」

「口下手な方だったんですね」

ドミニクがおかしそうに頷く。

「わしらを見ていてもわかるだろうが、竜人の王家には珍しい気質だった。ほら、わしらおしゃべりだろう」

たしかにリントもレイも口下手な印象はまるでない。

「だから、王妃が亡くなったときも口に出しはしなかったが、兄上はひどく落ち込んでいた。あれはリントヴァーンが十歳のときだ」

「そんな幼いときに……王妃さまは、その、どうして……」

「亡くなった原因か？　内乱に巻き込まれたんだ。王家の血筋を引く地方領主が王位をめぐって城に攻め込んだ。事態はすぐに収められたが——運悪く王妃は凶刃に倒れた」

「そんな……」

「王位を巡って親族で争うのも血筋なのかもなあ。まったく恥じるべきことだ。わしやレイルークのような王位に興味がないものも多いというのに……」

やるせなさそうに首を振るとドミニクは話を続ける。

「王妃のツノは小さく、攻め込んできた兵に対抗できるような力はなかったのだ」

「もしかして、竜王さまがリントに力こそすべてって言うようになったのは」

「王妃が亡くなってからだな。新しい妻をとることもなく、リントには厳しすぎるくらいの態度になった」

（それってリントのことが心配だったから？）

力のない王妃が亡くなったように、リントも力を持たないといなくなってしまうと思ったからだろうか。

「リントはそのこと……」

「さあな。全部を説明しないと理解できないほど馬鹿なやつでもない。だが、兄上はいかんせん言葉が少なすぎた。どうして縛りつけるのか、厳しい訓練をさせるのか、話してやればここまでこじれなかったろうに」

「今からでも話したほうが……だって明日は空送りの儀式で……」

リントの父親は彼を憎く思っていたわけではなかった。そんなふたりが最後まですれ違ったまま別れるなんて悲しすぎる。

「でもしかたがないことなのだろう。理解される努力をしなかった兄上の責任も大きい」

（だからって……）

納得はできない。けれど言い返す言葉も見つからない。

「ソフィア、リントヴァーンはきみを慕っているようだ。やつは聡い男だが、妙に頑固なところがある。どうか支えてやってくれないか」

「はい……」

答えたものの、気持ちはさらに重く沈んだ。

支えるなんてそんなの、自分のほうがリントに助けられるばかりで、彼になにがしてあげられるのだろうか。大事なことだってちっとも相談してくれないのに。

すっかりしょげた気持ちのまま、ソフィアはふたりを追って城をあとにする。

帰りの馬車の空気は重かった。

「お、叔父貴は思ったより元気でよかったですね！」

「ああ」

明るく取り繕うレイに、リントは生返事をして外を眺めている。

見ているのは景色ではなく、もっと別のなにかのような。

（リント、本当は帰りたいんでしょう？）

思い描くのは遥か先の故郷の光景だろうか。

話しかけてくれるな。そんな空気を言外にひしひしと感じる。

最後までそんな態度を貫くつもりなのだろうか。

きっと明日には帰るのだろうに。

彼と父親との大きな溝について知ってしまったから、帰ってほしくないなんてもう言えない。

リントは帰国するべきだ。

今は意地になっているとしても、ここで最期の別れをしなかったことが、数年後、数十年後、きっと彼を苦しめる。

大事な人との別れを経験したソフィアにはそれがよくわかる。

ウルスラは老衰だったけれど、別れを覚悟しておくようにと何度も言われていた。それから、死に顔をきちんと見るようにとも。

どんなに悲しくても目を逸らしてはいけない。そのときはひどく落ち込むかもしれないけれど、あとになって最期の顔を見なかった後悔をしても遅いから、と。

リントだって、母親を亡くしている。

大切な人との別れのつらさを知る彼が、いくら不仲だったとはいえ、家族との死別に思うところがないはずがない。

ドミニクの話を聞く限り、リントは心から父親を憎く思っていたわけではない気がするのだ。

本音を話してほしかった。もっとわかりあいたかった。

それは不器用な父へのもどかしさであって、憎しみではない。

戸惑いとやるせなさが、やがては怒りに変わったのだろうか。

やっぱり、帰るべきだ。

考えれば考えるほど、そう思う。

けれど相談もしてくれないのでは、背中を押すこともできないではないか。

(どうしてリントは、わたしになにも言ってくれないの……)

寂しい。

頼ってもらえないことが。

すごく、すごく寂しい。
——彼と離れることが。
帰国すれば、しばらく他国に出ることはかなわないだろう。
王に即位すればどれほど忙しいのか、わからないほど無知ではないつもりだ。
地位も責任も、今よりもっと大きくなる。
今度こそ二度とソフィアのような庶民には手の届かない存在になってしまう。
リントが帰ったらもう会えない。心にぽっかりと穴が開いた気分だ。
帰るべきだ。でも帰ってほしくない。どちらも偽りのない本音だった。
(……もしかして、わたしがそう思っているから?)
リントはこんな自分の気持ちも見透かしているのだろうか。
寂しい、悲しい。帰らないで。
すぐそばにそう思っている人間がいて、どうして相談なんてできるだろう。
自分がいるせいで帰国を迷っているのだとしたら——。
ソフィアは自分が彼を縛る存在になっているのでは、とぞっとする。
そのとき、馬車ががたんと振動して停まった。
「着いたみたいですね」
沈黙に辟易していたレイが真っ先に降りていく。

停車したのはトロリエのメインストリートより少し西寄りの路地だった。

ここからなら歩いて数十分で家に着く。石畳の道を歩いて行くとだんだん店も人通りも減っていき、土がむき出しの一本道に続いていく。

「待て」

足早に先頭を歩いていたレイに、リントが鋭い声を掛ける。

「どうしたんですか」

「……お前、しくじったな」

茂みががさりと音を立て、左右から次々に人影が現れる。

ソフィアたちを取り囲んだのは六人の竜人だった。黒い鎧を身につけ、長い槍を持っている。こめかみからは湾曲したツノが伸びていた。

その竜人たちが人間よりも頭二つほど大きな竜を連れていたものだから、ソフィアは悲鳴を上げそうになった。

赤茶けた鱗を持った竜たちは眼光鋭くこちらをねめつけている。背中には大きな翼があり、広げればその体軀はさらに大きくなるだろう。

「レイの気配をたどられたのだろう。こんなところまでご苦労なことだな」

「これ母上が……?」

「レイルーク様、こちらへ」

竜人のひとりが手を差し伸べる。レイはそれを払いのけた。

「ば、馬鹿にするなっ。リント兄たちを売って自分だけ帰ろうなんて思わな――いでっ」

啖呵《たんか》を切るレイを後ろから容赦なく蹴り飛ばしたのはリントだった。

よろめいたレイを竜人が慌てて抱き留める。

「り、リント兄!? なにするんですか、僕がいたら手出しはできないのに」

「甘い考えは捨てろ。ヒルダが欲しいのは従順な自分の手駒。自分に楯突くようになればお前だって切り捨てられる。おとなしく帰っておけ」

「でも……っ」

「俺を守ろうとでも思ったか？ 心配には及ばん」

リントはぐるりと竜人たちをひと睨みにする。

びりびりとあたりの空気が震えた気がした。肌で感じるくらいの重圧に、翼竜たちがおずおずと後ずさりして頭を垂れる。

「野生の勘は鈍っていないようだな。さすがにどちらの実力が上か、わからないほど馬鹿ではないらしい。それに比べて――」

自分に槍の先を向ける竜人たちにリントは呆れた顔をする。

「騎士団は揃いも揃って間抜けの集まりか？ 勝ち目のない戦いでみすみす死ににいけとでも教わったか」

「ひ……っ」

ひるむことなく目の前の竜人に近寄ると、そのまま槍の柄を摑んでしまう。

リントと相対した竜人は青くなって震えていた。まるで戦意なんてない様子なのに、撤退しようとする素振りも見せない。

「ひ、ヒルダ様のご命令に、逆らうわけには……！」

「弱みでも握られたのか？　ヒルダに心酔しているようにも見えないが」

「い、一族が援助を受けて……、そうしないと私の家は没落するしかなく……っ」

「金で人心を買ったつもりか、あの女は……」

「リントヴァーン様、申し訳ございません……っ。お命頂戴いたします！」

「本当にできるとでも思っているのか」

リントが力を入れると、あっさりと柄が折れてしまった。

静かな怒りの気配に当てられ、竜人は腰を抜かしてその場にへたり込む。

「おおかた、ツノが折れているからお前たちでも殺せるとせっつかれたのだろう。明日の空送りの儀式をめがけて俺が帰国する前に、とな。安心しろ、帰らんよ。戴冠式はお前たちの好きにするといい、そう伝えろ」

だが、竜人たちは槍を下ろす気配がない。

「おい、言葉も通じなくなったのか」

「く、首を持っていくまで我らは解放されないのです」

竜人がじりじりと前に進み出る。リントを攻撃するつもりだ。ソフィアは思わず彼らのあいだに立ち塞がった。

「やめてください！　リントはあなたたちを無事に帰そうとしているんですよ、分からないんですか!?」

「……どけ。人間の小娘ごときが、首をつっこむな！」

リントへは恐れながら立ち向かっていた竜人だが、ソフィアのような人間にひるむ理由はない。反対に戦意に火をつけてしまったらしく、慎重だった物腰が急に荒っぽいものになる。

竜人は持っていた槍を引き、突き込むための予備動作に入る。

「ソフィアさん！」

レイの悲鳴と、槍が風を切る音。

避けようなんて思う間もなく、死が迫ってくる。

頭ではまずいとわかっているのに、呆気にとられて立ち尽くしたまま身体が動かない。

このまま突き刺されて死んでしまう。諦めに似たものが心の内を占めたとき――。

「誰に手を上げている」

槍はソフィアのお腹すれすれのところで止まっていた。背後からリントが刃をきつく握っていたのだ。

リントの右手からはぼたぼたと血が流れ、地面を濡らしている。

地を這うような低い声には、怒りがにじんでいた。

「こ、この……っ」

竜人が槍を取り戻そうとするがびくともしない。反対にリントはそのまま槍を取り上げてしまう。

くるりと柄を返して持つその姿は、ほうきを持つのより何倍もなじんでいた。

「竜の力などなくても槍は扱えると知らなかったか?」

嘲笑して鼻を鳴らすと、リントはそれをぞんざいに振り上げる。

さっきまでソフィアに敵意をむき出していた竜人は、今は見る影もなく顔を悲壮に引きつらせていた。

「覚悟はできているんだろうな」

リントは鋭い切っ先を男に振り下ろそうとしている。

はっと我に返ったソフィアは彼の腕に必死でしがみついた。

「だ、だめっ!! 殺しちゃ……!」

「て、撤退です! 撤退! 戴冠式では僕が即位しますから! リント兄にはかなわないってわかったでしょ。ここで全滅するより、戴冠式まで国を封鎖したほうが早いですって！」

レイが竜人たちを追い立てる。

「母上は僕がなんとか言いくるめますから、ほら、さっさと僕を国に送ってくださいよ！」

竜人たちはレイに言われてしかたなく、という建前を得て茂みに消えようとする。

「レイくん……っ」

この竜人たちの失敗をひとりでかぶろうとしているのだ。

国に帰ったら折檻されるのではないだろうか。

「ソフィアさん」

竜人に担ぎ上げられたレイと一瞬視線がぶつかる。

──リント兄を頼みます。

そう言われた気がした。

「……っ、はあ」

竜人たちの姿が見えなくなると、リントはその場にどさりと座り込む。

「リント、大丈夫⁉　ごめん、わたしのせいで……」

「いや、なに、俺を守ろうとしてくれて嬉しかったぞ」

弱々しく笑う彼の額には玉の汗が浮かんでいる。

押さえた手のひらからはまだ出血が止まることはない。

おかしい。竜人の治癒力ならこうはならないはずだ。

「どうしたの、なんでちっとも治らないの……！」

「刃先に毒を塗っていたらしい。あれで心臓でも貫くつもりだったんだろうな。まったく小賢しいことを考える……」

「リント！」

息が荒く、視線が虚ろになっていく。

どれほど強い毒を塗っていたというのだろう。

「リント、しっかりして！　わたしたちの家に帰ろう！」

腕を肩に回して、下から支えながら持ち上げる。

一回り大きな彼の身体を運ぶのは容易ではない。必死に進んでいるとリントがくすりと笑う気配がした。

「そうだな、俺たちの家に帰ろうか」


なんとか家までたどり着いてベッドに寝かせると、糸が切れたようにリントは眠りについてしまった。

さっきまでの症状にくわえて高熱まで出ている。

つらそうなリントの様子に泣き出したくなる気持ちをぐっとこらえて、薬師として冷静に接しようと努めた。

薬の知識があって良かった。弱っているリントになにかしてあげられることがある。

幸いにもドミニクの丸薬を作った残りの薬液がある。丸薬に使ったものほど成分は濃くないが、解毒薬としての効果は充分に期待できるだろう。

毒に侵された血が巡らないよう腕を止血して、薬液を塗り薬にしたものをそこへ塗布した。口からも解毒薬と、それから解熱薬も投与する。

清潔な布で身体を拭いて、それから——。

「リント、苦しくない？　なにかしてほしいことがあったら言ってね」

薬師としての役割がおおかた終わってしまうと焦りで身体が焼かれるようだった。

ぽっかりと時間があくのが怖くて、安静にさせてあげるのが一番だとわかっているのに、つい声を掛けてしまう。

「すまないな」

「そんなこと……っ」

「俺はいつも、ソフィアに迷惑をかけているな」

弱々しく笑うと、リントは倦怠感に負けたのか目を閉じる。

「ま、待ってて！　なにか栄養のつくもの作ってくるから！」

慌てて厨へ下りたが、そのときにはこみ上げた涙がこらえきれなくなっていた。

「うー……」

ぼろぼろと熱いものが溢れていく。

迷惑だなんて、そんなはずない。彼にそんなふうに言わせてしまったことが情けなかった。

リントと出会ってから、ソフィアの毎日は彩りに満ちている。

誰かが近くにいるのが、こんなに楽しい。こんなに頼もしい。

心を揺さぶられて、自分が強くなったようにも、弱くなったようにも感じてしまう。

たくさんのことを知っていると思っていたソフィアに、こんなに近くにまだまだ知らないことがあるのだと教えてくれた。

「リントが好き……大好き……」

この家はこんなに温かくて愛おしいもので満たすことができるのだと気づかせてくれた。

リントだから。他の誰でもない、彼だから。

ソフィアは目尻にたまる涙をごしごしと拳で拭った。

涙はそれでおさまったけれど、彼を愛しく思う気持ちはあとからあとからわいてくる。

この感情がリントをここに縛りつけているのだとしたら、気づきたくなんかなかった。

「……林檎のすりおろしとかだったら、食べられるかな」

のろのろと皿を用意していると手元が狂って床に落としてしまった。
がしゃん、と耳障りな音を立てて、皿は粉々に砕け散る。
「あーあ……痛っ」
破片を集めていると鋭く尖った部分で指先を切ってしまう。
じわりと赤がにじんだ指先を、ソフィアは途方にくれて眺めていた。
ウルスラは形のあるものはいつかなくなると言った。
――では、形のないものは？
形のないものを手放したくなったときには一体どうすればいいのだろう。
リントが好きだ。
ずっと一緒にいたい。
この気持ちを捨てるにはどうすればいい？
「困っちゃいましたよ、師匠……ちゃんと最後まで教えてくれないと」
ソフィアは自嘲気味に笑った。

リントの容態が安定してきたのは、空が白んできた頃だった。
汗もだいぶ引き、顔色もいい。
浅かった呼吸は深く、一定のリズムを保っている。

敷布の上に広がる銀髪に、ソフィアはそっと指を通す。

「迷惑なんかじゃないからね。本当だよ」

リントの口元が微かに動いて、慌てて耳を寄せた。

「ソフィア……」

紡がれたのは自分の名だった。

続きを待ってみても、それ以上は規則的な寝息が聞こえてくるだけだ。

どうやら寝言だったらしい。

夢の中でまで自分のことを考えてくれているのだろうか。それがいい夢だったら嬉しいのだが。

リントは起きる気配を見せない。

毒のせいでずいぶん体力を消耗したのだろう。

このまましばらくは眠るはずだ。

つきっきりで世話をする必要もない。むしろ、物音を立てないように一人で寝かせてあげるほうがいいだろう。

ソフィアはそっと部屋を出た。

そして外套を羽織ると、細い一本道を足早に駆けていく。

目指すのはトロリエの中心部だ。

市場の朝は早い。まだ陽は完全には昇っていないというのに、すでに人通りは多く、商いは賑わいを見せていた。

出店の並ぶ通りの裏を進んで、ソフィアは目当ての店の裏口まで来た。闇オークションをしていた商店だ。

出店と違い路面店のほうはもう少し遅い時間に開くのが普通だ。表の入り口には「ｃｌｏｓｅｄ」の札がかかっていたが、準備のためすでに中に人はいるはずだ。

「ごめんください、どなたかいませんか」

裏口の扉をノックし続けると、しばらくしてがちゃりと錠が外された音がした。

「嬢ちゃん、店開きにはまだ早いんだ。表が開いてから来な」

応対に出てきたのは低い背にでっぷりと肉付きのいい男だった。

(この人、知ってる……)

それは闇オークションで司会を務めていた男だった。

地下では燕尾服を着て、満面の笑みに丁寧な口調だった。今は着古した街着に店のロゴの入った前掛け姿だ。印象は違うがこの顔を忘れるはずもない。

地下でのことも仕切っているというなら、この男が店主なのだろう。

ソフィアは声を潜める。

「闇オークションで竜人のツノが出品されるらしいですね。本当ですか?」

「ああ、そっちの話か」

男がさっと笑みを貼りつける。

「お目が高い。それは今夜の目玉商品となっております。参加をご希望で？」

「わたし、そのツノの持ち主を知ってます。本人に返してください！」

「……そちらのご本人とやらが、参加を希望されている？」

「違いますっ、ツノは勝手に折って持っていかれたものです。それを商品にして売ろうなんて、おかしいと思わないんですか」

男はしらけた様子だった。自分の言葉がまったく響かないことに、ソフィアは焦る。

「闇オークションって、違法なものばかり売ってますよね。盗品とか、生き物とか。摘発したっていいんですよ」

「どこにチクろうっていうんだよ」

「え、それは、自警団とか……？」

疑問符で終わった言葉に男は馬鹿にしたように吹き出した。

「ははっ、この街の自警団か？　闇オークションには貴族だって参加してるっていうのに、どうして手が出せると思うんだよ。そんな正義漢、この街にはいないね。いるのは損得勘定の上手な商人だけさ」

「そんな……」

「……ちょっとだけ見せてやろうか」

がっくりと肩を落とすと男はそう言ってくる。

「いいんですか？」

出品されるツノが本当にリントのものなのか、できれば確認したかった。

ほぼ間違いないと思うが、もし別の竜人のものなら意味がない。

リントにツノを返してあげたい。

ソフィアには自分が今、彼のためにできることはそのくらいしか思いつかなかった。

ツノが手に入れば、リントの竜の力は戻る。そうすれば敵無しだとレイが言っていた。

リントが祖国に帰るなら、せめて安全に。力があれば、今度こそヒルダは手出しできないはず。

それでツノを取り戻そうと考えたのだった。

手持ち無沙汰になるのが苦手な性分ということもある。

すぐに返してくれるはずがないと薄々わかっていたけれど、どうしてもじっとしていられなかったのだ。

もしツノがリントのものだとわかれば、また金策に走ればいい。

ドミニクが推薦状を書いてくれれば宮廷薬師になれる。そしたら給金を前借りできないか頼んでみよう。

生涯ただ働きになるかもしれないけれどそれでも構わない。

「あの、ツノはどこですか。早く確認したいんですけど」

裏口から通されたのは店の保管庫のようだった。いろいろな言語が殴り書きされた木箱が積み上げられている。

キョロキョロしているといきなり後ろから口元を押さえられた。

「むぐっ⁉」

当てられた布に強い薬の匂いが染み込んでいる。

この匂いは知っている。気を失わせるための薬だ。

「むうっ、むっ……！」

「今日は女の奴隷目当ての客も多いんだ。品が少ないからちょうどいいや」

薬の種類がわかっていても、力でかなわないのだからどうしようもない。

ずっと息を止め続けるわけにもいかず、意識が薄れていく。

（奴隷って、そんな……）

絶望的な言葉が聞こえたのを最後に、意識はそこでふつりと途切れてしまった。

◇

「ん……」

うっすらと瞼を開け、身体を起こす。額の上に載っていた布が枕元にぽとりと落ちた。

「ソフィア?」

まわりを見回すが、人影はない。

外は薄暗い。ずいぶん眠ってしまったようだ。

槍の刃を受けた手にはもう傷跡は残っていなかった。指を開閉しても、痺れもない。

「……さすがだな」

あれほどの毒が完璧に抜けている。

おそらく彼女が薬を処方し、献身的に介抱してくれたのだろう。

「はあ……」

大きなため息は誰もいない室内に虚しく響いた。

裏の山火事の犯人——それは自分だ。

薬草畑を焼いたのがリント自身だと知ってから、ソフィアにどんな顔で接すればいいのかわからない。

あれはヒルダの臣下たちに追われているときだった。

油断しているところに奇襲を受け、態勢を立て直すために逃げているさなか、何度も攻撃され、変化を繰り返して追っ手を撒こうとした。

治癒が間に合わないほど体表に傷を受け、それを見て増長した追っ手がとどめを刺そうと総攻撃を仕掛けてきて、苦し紛れに自分は火を吐いたのだ。

まわりの敵を追い払うための一手が、まさか山を丸ごと焼いたなんて。その山にはソフィアの大切な薬草畑があることも当然知るよしもなかった。

「なにが、力がすべてだ」

忌々しくつぶやくと、拳を固く握りしめる。

父の教えがずっと嫌いだった。

母が死ぬ前は、言葉は少なくても、その寡黙さの裏に優しさがにじんでいることを確かに感じていたのに。

リントの行動を厳しく制限するようになってからは、父が何を考えているのかさっぱりわからなくなった。

それは次期竜王である自分に教えをたたき込むためなのか、王位を継ぐものが襲われては困るからなのか。

自由がなくなったことに反発はあるけれど、言われれば理解はした。だが、ただ城に縛りつけられるだけの状態が何年も続いて、すっかり嫌気がさしてしまった。

父の教えには、まるで賛同できないままで。

その考えは今でも変わらない。むしろ、さらに声を大きくして異を唱えたいくらいだ。

力があるせいで、ソフィアの大切なものを焼き尽くした。

ソフィアが本意ではない宮廷薬師の道を目指すことになったのは自分のせいなのだ。

彼女を守りたいと思っていたはずなのに、これではまったく逆だ。

おまけに今度は追っ手にまで嗅ぎつかれてしまった。

彼女に槍が向けられていたことを思い出すと今でも腹の奥から怒りがわいてくる。

それも自分がいたから起こったこと。

——もうここを出て行ったほうがいいのだろうか。

ソフィアはきっと宮廷薬師の推薦をもらえる。それを機に姿を消すべきだろう。

いや、本当はもっと先に決断すべきだったのだ。

そうしなかったのは、ここでずっとソフィアと暮らせたらなんて甘い夢を見てしまったから。

リントは髪をかき乱すと、のろのろと起き上がる。

出て行くなら深夜、ソフィアが寝静まってからがいいだろう。

その前に良くなったことを伝えにいかないと。きっと心配しているはずだ。

しかし階下はしんと静まりかえって、人の気配がなかった。

地下も、こんなに暗くなってからまさかとは思ったが薬草畑にも足を延ばした。だがソフィアの姿はどこにもない。

ダイニングにはソフィアの前掛けがたたまれて置いてある。使わないものはちゃんとしまうたちの人間だ。ということは、すぐに使うと思って近くに置いておいたのだろう。すぐに帰るつもりで出て行って、それからここに戻ってはいないということか。流しには割れた皿と、林檎の皮。茶色く変色したそれは時間の経過を伝えていた。いつから帰っていないのだろう。

いやな予感を覚えて、こめかみにじわりと汗がにじんだ。

第六章　落札は大胆に

目を覚ましたのは硬い床の上だった。

慌てて身体を起こそうとすると頭が内側からズキズキと痛む。

無理やり意識を失わされて、薬の影響がまだ残っているらしい。

気絶して数時間、といったところだろうか。薬品だと気づいたときに呼吸を抑えたからあまり吸い込まずに済んだようだ。

(どこなの、ここ……)

折りたたんでいた足を伸ばせば硬いなにかにあたった。

漏れてくるわずかな明かりを頼りにあたりをぐるりと見回すと、鉄製の支柱に囲まれていて、ああ檻の中にいるのだと理解した。

ここは闇オークションに出品される商品の保管庫のようなところだろう。

檻の上からさらに厚手の布で覆われている。

闇オークションでは商品がこうやって客の前に運ばれていた。その商品の目線になったことが情けなかった。

あたりからは複数の女のすすり泣く声が聞こえてくる。奴隷は他にもいるようなことを言っていたがその子たちだろうか。

そのとき人の足音が近づいてきた。ソフィアは慌てて横になり身体を小さく丸めて聞き耳を立てる。

「で、噂はちゃんと流したんでしょうね」

「ええ、もちろん。口の軽い新入りにちらつかせましたから。市中でもずいぶん話の種になっているようです。なにせ、高級品とは縁がないような若い女まで、評判を聞きつけてやってきましたから」

「じゃあ奴の耳にも届いているのね」

「あれを捜し回っているのなら、どこかで耳にしているはずですよ」

話し込んでいるのは男女二人だった。

男のほうはソフィアを拘束した店主だ。

女の声には聞き覚えがないが、店主への口ぶりからすると立場は女のほうが上らしい。

「じゃあこれがその品物よ」

「おお、これが本物の竜のツノ……！」

その言葉にソフィアは布の隙間から目をこらす。

「なんと美しい……」

「リントヴァーンは意地でもそれを落札しにくるはずよ。どんな高値をつけてでもね。だから最後に落札したものが関係者……いいえ、なりふりかまわず本人がくるかもしれないわね」

あいにく男の陰になってツノは見えなかった。

けれど話しぶりからすると、取引されているのは確実にリントのツノだ。

隙間からちらりと見えた女は銀髪をウェーブさせた壮年の迫力ある美人で、そのこめかみからは黒いツノが生えている。

はじめて会った気がしないのは、目元がどことなくレイに似ているからだ。

（じゃあ、この人がヒルダ……）

リントの叔母であり、レイの母親。王位のためなら殺人もいとわないという――。

「確かに受け取りましたよ」

音から察するに店主はソフィアの檻の近くにツノを置いて部屋を出て行ったようだ。

足音が遠のくと、ソフィアは中から布をめくり上げる。

檻の隣には腰の高さほどの丸テーブルが置かれていて、ビロード張りのクッションの上に、求めていたツノがあった。その輝きはいつも見ている漆黒と同じだ。

「く……」

檻の隙間から手を伸ばす。

届きそうで届かず、頬を鉄の支柱にくっつけて何度も繰り返した。

そのうちに爪の先がツノをかする。

「もうちょっと……！」

反動をつけて腕を伸ばすと、今度は指先に確かな手応えがあった。

からん、と軽い音を立ててツノが床に落ちる。

それを慌てて拾い上げた。

「やった！」

リントの大切なものを手に入れた満足感に胸をなで下ろしていると、荒っぽい足音が聞こえてきた。

「では、お次の商品に参りましょう」

遠くから店主の弾んだ声が聞こえてくる。そして、がたんと振動して檻が動き始めた。

女たちの泣き声がいっそう大きくなる。

「奴隷の中でも特に人気の高い若い女を仕入れました。さあ、とくとご覧ください！」

店主の声とともに、布がぱっと取り払われる。

明かりに一瞬目がくらんだけれど、しばらくするとそこがステージの上だとわかった。

奴隷は自分を入れて三人。さきほどの泣き声はやはり彼女たちのものだったようで、それぞれの檻の中で、ふたりとも泣き腫らした赤い目をしている。

ソフィアは呆然としてその場に座ったまま動けなかった。

人々の好奇のまなざしが自分へと向けられている。

客として参加していたときもなんて異常な場だろうと思っていたけれど、自分が買われる立場になるとさらにその思いが強くなる。

仮面をしている人間も多いが、視線の気味悪さは充分に伝わってきた。

ものとして見られるということはこういうことなのか。値踏みする男たちのまなざしに怖気立つ。

「ではまずこの娘から。ブルネットの髪がとても綺麗な女です」

「五万」

「七万」

「七万！　あとはいませんか……では七万リーコでそちらの紳士が落札です！　お次は真ん中の娘。三人のなかでも一番年若い娘です」

呆気にとられているうちにひとりはもう買い手がついてしまった。

ソフィアの隣の檻に男たちの視線が移り、中の女がさらにぶるぶると震えている。

「六万」

「七万」

「十万」

「十万！　よろしいですか……では十万リーコでお買い上げ！」

最初の娘は他国の商人らしき男に。次の娘は仮面をした貴族らしき男がそれぞれ落札する。

「では最後はこちら」

こんなひどいことがあっていいんだろうか。

混乱する中、憤っていると店主がソフィアの檻の側にくる。

視線が一気に自分に集中してソフィアはうろたえた。

そうだ、こうなったのなら自分も誰かに奴隷として買われてしまうのだ。

絶望感がひしひしと襲ってくる。

「さあご覧ください。この娘、急な仕入れで服装こそ地味ですが、この豊満な体つき！　化粧っ気はありませんが、よく見ると器量がとてもいい掘り出し物です。自分好みに着飾って愛玩したい紳士はいませんか」

「十万」

「十五万」

「二十万」

パドルがどんどん上がっていく。誰も買い取らなければ自由の身になれるのでは、なんて楽観的な考えは捨てざるを得なくなった。

「二十万！　なんと二十万が出ました！　ほかはいらっしゃいませんか、いないなら――」

「一千万」

頭をがくりと垂れていると、低く響く声に会場がしんと静まりかえった。

「え、は……？　今なんと……」

「一千万リーコ。足りないか？　じゃあ二千万リーコだ。なんでもいいから早く即決させろ」

聞き覚えのある声に、信じられない気持ちで顔を上げる。

「リント……」

こんなところにいるはずがない。幻でも見ているのだろうか。

けれど、堂々とそこに立っているのは紛れもないリントだった。

「で、では、二千万リーコで……」

店主の声が裏返っている。まわりの参加者たちも怪訝な顔でリントを見ている。

リントはそんな視線の中、ずかずかとステージに向かって歩いてきた。

「おい店主、早く檻を開けろ。不愉快だ」

「お、お待ちを、竜人の旦那様……竜人？　まさか『リントヴァーン』か？」

おろおろとしていた店主の目の色が変わった。

「この男を捕らえろ！」

叫び声を聞きつけて、入り口やバックヤードにいた守衛の男たちが集まってくる。

「リント！」

ソフィアは檻にしがみついて叫んだ。

「こっちに来て、リント！」

殴りかかってくる男たちを適当にあしらって床に転がす。足を止めないリントを見て、店主はさらに焦って怒鳴り散らす。

「なにか武器を持ってこい！　ここで逃がせば命はないぞ！」

「ソフィア……」

会場の騒々しさなど気にも留めない態度で、切なげな表情のリントの手が檻越しにソフィアの手に重ねられる。

「俺がいながらソフィアをこんな目に遭わせてしまったのだな」

悔いるような声にぶんぶんと首を横に振る。

「違うよ、リントのせいなんかじゃなくて、わたしがリントのためにしたいと思ったことで」

「俺のため？」

そのとき、女の甲高い声が会場に響いた。

「毒矢を放ちなさい！」

裏口から険しい顔で出てきたのはヒルダだった。壇上のリントを確認すると、そのまま視線だけで射殺さんばかりににらみつけてくる。

ヒルダに続いて裏口からは竜人の騎士たちがぞろぞろと会場を取り囲む。彼らは弓矢を構えていた。

そのうちの数人は錆色の翼竜を連れていたものだから、場内の客たちは騒然として我先に逃げようと出口へ殺到する。

客の阿鼻叫喚がおさまると会場はしんと静まりかえる。今にも放たれそうな弓矢の張り詰めた気配だけが漂っていた。

「結局また巻き込んでしまったな」

リントは諦めたように微笑むとソフィアの前に背を向けて立つ。

「俺の命は勝手に取っていけ。ただしこの場の人間には手出しするな」

「なに言ってるのリント!?」

「最後くらいお前を守らせてくれ」

「……リントはどうしてわたしを巻き込んでくれないの」

寂しくつぶやけば、不思議そうな顔のリントが振り返る。

「ソフィア?」

「守るなんてもういいから、わたしに頼って、相談してほしかった……！　だって家族って、そういうものでしょう?　違うの?」

熱いものがこみ上げてきて声が震えた。

リントが自分を守りたいと思ってくれるように、自分だってリントのためになにかしたい。——だって、好きだから。愛しているから。

「リント、これ……」

ソフィアはポケットに入れておいたツノを取り出す。

「それは……」

「リントのツノでしょう?　あなたはいらないって言っていたけど」

「やはり俺のツノを手に入れるためにこんな……」

悲痛な表情を浮かべられて、もどかしい気持ちになる。リントにこんな顔をさせたくてツノを取り戻したわけじゃない。

「これはやっぱりあなたのものだよ。早く頭を下げて。ツノはくっつければ元に戻るってレイくんに前聞いたの」

「ソフィア、俺は力を取り戻すつもりはないんだ。もうそんなものに執着したくはない」

「お父さまの教えの通りになるから？」

リントは居心地悪そうに視線を逸らしてしまう。

ソフィアはリントの胸ぐらをつかむとぐっと顔を引き寄せる。

「このツノがあったらリントは強くなるんでしょう？　強いってことはリントが安全ってことでしょう⁉　わたしはこれ以上リントが命を狙われて傷ついてるところを見たくないの‼」

そうすがり寄れば、リントははっと目を見開く。

弓はリントに向けてきりきりと引き絞られている。

「リントっ！」

ソフィアは精一杯手を伸ばすと、折れた断面にツノを押しつけた。そこから白い閃光が走り、みるみるうちにツノは修復されていく。

「打て！」

ヒルダの合図で矢が放たれる。

「逃げて！」

ソフィアが叫んだのとリントが白い靄に包まれたのが同時だった。

その靄が晴れた瞬間、飛び込んできた目の前の光景にソフィアは唖然とする。

「竜……」

ステージから落ちそうなほどの巨軀は全身がキラキラとした銀色の鱗に覆われている。左右対称の黒いツノは堂々と天へ向かい、あたりを見回す瞳は炎を宿したかのように紅い。

竜が鋭い爪でさっとひっかく仕草をしたかと思えば檻の天井が粉々に砕けていた。

ほかのふたつの檻も同様に破壊され、奴隷として売られそうになっていた娘たちがそこから逃げ出していく。

ソフィアも檻から出ると竜を見上げた。

「リント、なんだね……？」

子竜のときとはまるで違う姿だけど間違いない。

「ひいっ」

さっきまで威勢のよかったヒルダは竜の姿を見るなり顔面を蒼白にする。腰を抜かして這って逃げようとするその行く手に、リントがふっと軽く息を吐きつける。

たちまち炎の壁が立ちはだかって天井までを埋め尽くしてしまう。

行き場を失って愕然としたヒルダをリントが前足で押さえつけた。

「ずっと俺を捜していたんだろう。どうして今さら逃げる」

聞き慣れたリントの声に低い獣のうめきが少しだけ混じったような、不思議な声だった。

「や、やめて、殺さないで！」

「俺のことは殺すつもりだったというのにずいぶんな話だな」

リントがため息をつくとその風であたりの炎が勢いを増した。

そして竜の身体がふたたび白い靄に包まれたかと思うと、次の瞬間にはヒルダを組み伏せる人間のリントの姿があった。

「お前が一番大切なものは王位だろう。ここで命を奪っておかないとまたいつ首を狙われるかわからん」

「しないわ……！　どうせあなたが即位すれば国力は盤石なものとなる。そうなってからクーデターを起こす気はないわ……っ」

「どうだろうな。お前の野心の強さを考えると……ああ、そうだ。だったら直接王位の継承者を殺せばいいではないか。お前ではなくレイの命を奪えば安心できるというもの」

それを聞いた途端、しおらしくしていたヒルダが暴れ出す。

細い女性のどこにそんな力があったのかというほど、手足をめちゃくちゃに動かして、リントにつかみかかろうとする。

「ふざけるな！　レイルークに手を出せば今度こそお前の命はないものと思え！　私が死ぬことになっても地の果てまで追いかけてお前を殺す！」

リントはにんまりと笑うと、ヒルダを軽くいなしてまた地面に転がした。

「これは嬉しい誤算だったな。お前のことだ、レイが死ねばまた新しい子をもうけると、そのくらいのことは考えると思っていた。だがレイに対する愛情は深いようだな」

「馬鹿にするな！　私はレイルークを王にするために、私は……っ」

「そのレイは王位などちっとも望んでいないぞ。お前たちはよく話し合え――手遅れになる前に」

リントの横顔に少しだけ寂しそうな色が浮かぶ。けれどすぐに毅然とした態度に変わり、まわりをぐるりと見回す。

「聞いていたなお前たち。ヒルダに弱みを握られて登用されたものも多いのだろう。しかしヒルダは捕らえた。次期竜王のリントヴァーンを支持するものは、責任を持ってヒルダを国へ届けろ」

弓矢を構えていた騎士団がそれを投げ出すと膝をつき敬意を示す。

数人が駆け寄ってきてあっという間にヒルダを縄で縛り上げ、外へ連れ出していってしまった。その手つきはこうなることを待ち望んでいたかのように鮮やかだった。

「残りのものは消火をしてくれ。火の手が地上にまで上がらないように」

「リント……」

「ソフィア、地上に出よう。ここは危ない」

手を引かれ外に出ると、地下の熱気と打って変わってひんやりとした風が頬を撫でる。

街灯も落ちて、街全体が寝静まったようで、さっきまでの争いが嘘みたいに静謐な空気に包まれていた。

「すまなかったな」

ぽつりとつぶやかれた声は重く沈んでいた。

「わかっただろう。ソフィアが見たという竜――お前の大切な薬草畑を灰にしたのは、この俺だ」

「あ……あの時の竜ってリントだったの!?」

苦しそうに空でのたうっていた銀色の巨軀。それが目の前のリントとやっと結びつく。

「ヒルダが放った追っ手の攻撃をかわそうとしていたところだったのだ。苦し紛れに吐いた炎がまさかソフィアを苦しめることになるなんて――」

「良かった……!」

ソフィアはリントの言葉を遮ると、そっと頰に手を伸ばす。

うつむいていたリントは驚いたように目を丸くする。

「あのときの竜がどうなったかずっと気になっていたの。まさか死んじゃったんじゃないかって。でもこうして無事に生きていてくれたことがわかって、本当に良かった」

「怒っていないのか？　薬草畑は師の遺産だったのだろう。そのせいで望まぬ宮廷薬師を目指すはめになって……」

「いいんだよ。薬草はまた作ればいい。どこにいたって薬師はできるしね。それよりも大切なことは、リントが無事だったってことでしょう？」

「ソフィア……」

頬に当てた手にリントの手が重ねられる。

紅い瞳が愛おしげに細められて、彼がなにか言いかけた時、空からちらちらと白いものが降ってくる。

「雪……?」

こんな時期にまさか、と空を見上げて手のひらをかざす。

よく見るとそれは銀色の小さなかけらで、わずかな月明かりを反射して音もなく舞っている光景はなんだかとても幻想的だった。

「ああ、空送りの儀式が終わったんだな――これは竜の鱗のかけらだ」

ソフィアの手の中にはらりとかけらが落ちてくる。

これが竜王の身を焚き上げた証。

思わずそれをぎゅっと握りしめた。

「リントのお父さま、どうか安らかに」

「祈ってくれるんだな」

「リント、ごめんなさい。わたしが捕まったから空送りの儀式に間に合わなくて……」

「謝ることはない。最初から行くつもりはなかったしな。それに――」

リントも手のひらを空に向ける。

その手に誘われるように鱗のかけらが舞い込んでくる。

「ソフィアは俺が傷つくのを見たくないと言ってくれたな。お前が必死で訴えてくれたおかげで、父も同じような気持ちだったのかもしれないと少しだけ思えた。母が……大切な人が無力ゆえに傷つくのをもう見たくなかったのではないかと」

「リント……」

穏やかな表情で、リントはかけらを優しく手の中に握りこんだ。

「ソフィアを悲しませたくはないし、竜の力をないがしろにするのはもうやめよう。きっと、これが一番の手向けになる。――なあ、父さん」

リントが天を仰ぐ。

その暗闇の中に、一瞬、大きな翼を羽ばたかせる鈍い銀色の竜を見た気がした。

「ソフィア、俺は王位に就こうと思う。もう内乱など起こさないためにも、この力を正しく使わなければいけないと痛感した」

「リントならきっとみんなから慕われる王様になれるよ」

心から、そう思う。

けれど――。

「あまり賛成はできないか？」

リントが困ったように眉を下げる。

彼が王になったらお別れだ。寂しい気持ちが顔に出てしまったのだろう。

ソフィアは慌ててぶんぶんと首を横に振る。

「ち、違うよ！　大賛成！　本当に！」

「いいや、気乗りしない顔をしている。なにが不満だ。もちろん城には広い薬草園もあるぞ」

「……え？」

「だからどうか俺と一緒に来てほしい」

「……薬師として、ってこと？」

ぽかんとするソフィアにリントが呆れた顔をする。

「ソフィア……さすがにそれはちょっと鈍すぎはしないか」

「え、え？」

リントはその場に跪く。

まっすぐに見つめられて、月明かりの下で見るリントはやっぱりどうしようもなく美しくて、視線が逸らせなくなる。

「ソフィア、どうか俺と結婚してくれ」

「リント……」

リントが困ったように微笑む。

「俺を買ったあの日、ソフィアはどこにでも好きなところへ行けと言ってくれたな。俺はそんな清らかでまっすぐなソフィアの優しさに胸を打たれたのだ。——返事はイエスしか欲しくないと言ったらわがままか？」

「……じゃあわたし、ずっとリントと一緒にいていいの？」

まるで夢を見ている気分だった。

差し出された手を取ると、ぶわりと涙が溢れてくる。

「だって、リントは王様だから、わたしなんかが側にいられるはずないって……」

「俺はお前以外を側に置くつもりはないよ」

「リントっ」

「おっと」

リントの胸に飛び込めば、優しく抱きしめられた。

「あなたが好き。大好きなの」

「ずっとその言葉が聞きたかった」

銀色の光が降り注ぐ中、ふたりはそうしてしばし抱きしめ合っていた。

「ん……っ、ふぁ……っ」

部屋の中には甘い吐息の漏れる音が響いている。

小さな家へと帰ってきたふたりは、どちらからともなく求め合い、唇を重ねた。

リントの舌がソフィアの唇を割ると、ソフィアも求めるようにそれへと自分の舌を絡める。

夢中になってついていこうとするけれど、巧みな舌の動きに翻弄されるばかりだ。

「……っ」

口内をさらに奥へと進もうとするリントのものを、つい甘嚙みしてしまう。

リントからも甘い声が漏れて、思わず顔を見合わせて笑い合った。

「やったな」

「だって」

「反撃だ」

唇を相手のそれで柔らかく食まれると、お腹の奥がざわざわと疼いた。

「リント、それだめ……っ」

「俺が欲しくなったか？」

こくりと頷けば、愛おしげに目を細められた。

「俺も同じことを思っていたところだよ」

薄明かりの中、生まれたままの姿になって向かい合う。

「リント……触ってもいい？」

「積極的なんだな。もちろんだ」

すべらかな頬をそっと包めば、頬ずりするように顔を寄せられた。

「これだけでいいのか？」

流し目で言われて、壮絶な色香にくらくらする。

こくんと唾を飲み込み、手のひらを胸へと押しつける。薄い皮膚の下に隆起した筋肉を感じた。

触れたところがじわじわと熱いのは、自分の手の温度だろうか。それともリントの熱も上がっているから？

「手つきがまるで医者だな。具合はどうだ？」

くつくつと笑われて、なんだか悔しくなってくる。

触れたい、と思う気持ちはあるけれど、しっかりと向き合ったリントの肌にどうしても緊張してしまう。

ソフィアは色素の薄い胸の飾りを指先でぴんと弾いた。

「っふ」

リントの低い声が掠れて吐息が混じる。

「もっと聞きたい」

さらに飾りへと手を伸ばすが、摑まれて阻まれてしまった。

「こら、いたずらするな」

「だって……だってわたしはリントを百万リーコで買ったんだから、いいでしょ。存分に愛でるといいってリントも言ってたじゃない」

「そうきたか」

リントはいたずらっぽい笑みを浮かべる。

「じゃあ、ソフィアを二千万リーコで買った俺は、ソフィアをもっと好きにしていいんだな？」

返事をする前に激しい口づけで塞がれる。

「ん……っ、ふっ」

「一瞬でもお前が商品として下衆な人間たちの目に晒されたかと思うと腹が立ってしかたない」

「っ、平気だよ。リントがちゃんと高値で買ってくれたから。でも、ありがとう。誰かに買われちゃうのかなってすごく怖かったから、リントが助けてくれて本当に嬉しかった」

「ソフィア――」

「じゃあわたしも、落札価格分は役に立たないと、かな？」

「……いいのか？」

ちょっとした冗談にリントは存外真面目な顔で答える。

「だったら、落札価格分愛し合って、それだけ気持ちよくなってくれ」

「っきゃ」

いきなり首筋に吸いつかれて声が漏れる。

「そ、それじゃ役に立ってない……」

「問題ない」

ちりっと甘い痛みが走って、赤い痕が散らされた。

リントの唇はだんだんと下りていく。白い双丘の薄い皮膚を吸われると、もどかしさに腰がひくついた。

「ん、……っ、ふ」

指先を滾るものの上へと誘導される。そこにはまだ柔らかな複茎があった。

「あ……」

さすっていくと、柔らかく小さかった突起がみるみるうちに硬く膨れる。

肌のようにすべらかな質感が、徐々に弾力を持った鱗で覆われる。

手のひらにひっかかる刺激に思わずごくりと唾を飲み込んだ。

「これで気持ちよくされることを想像したか？　顔がとろんとして色っぽい」

「う、うそ」

「本当だ」

リントはそっと、ソフィアの中心に手を伸ばす。

「ほら、濡れている」

まだ触れられてもいないのに、リントの手を伝うほどの蜜が溢れていた。

顔に熱が集まっていく。自分がいやらしいことを考えていたと証明されたようで恥ずかしい。

「ち、違うってば」

「悪いことではない。さて、期待に応えないとな?」

リントはにやりと笑うと、胸の突起にいきなり吸いついた。

「ひ、ぁんっ」

舌を巻きつけられ、じゅっと音を立てて吸われると腰がびくんと跳ねた。

「かわいそうに、待ちわびて真っ赤に膨れている」

「ん、やっ、ぁあっ」

一方はちうちうと吸われ、もう片方は胸へと押し込めるようにぐりぐりと指先で刺激される。

もどかしい刺激に足の指をもじもじと動かしていると、リントは足を投げ出して座り、その上にソフィアを跨がらせる。

「え……」

「そのまま腰を落としてみてくれ」

手を腰に添えられゆっくりと足の付け根のあたりに座らされる。

なんだろうと思っていると、リントがわずかに腰を揺らした。

「っ、あんっ」

硬いものがまだ隠れていた花芽をぐりっとえぐり、腰がびくんと跳ねた。

見れば、硬く張り詰めて鱗に覆われた複茎が、ぴたりと秘裂に沿っている。動くたびにそれが花芽を擦り上げていくのだ。

「ソフィアから溢れたもので滑りは問題ないな」

「や、やだっ、これ……っ、わたしだけ先にイっちゃ……っ」

腿の方に当たっていたリントの猛りが呼応するように一度震える。

「構わない。まずはソフィアのとろけた顔に集中させてくれ」

「あっ、ふあぁっ」

腰を前後に動かされると、肌の摩擦にあわせて淫猥な水音がぐちゅぐちゅと響く。

花芽を覆うものも複茎によって剝かれてしまい、弾力のある鱗が刺激していく。

「これっ、だめぇ……っ、すぐイっちゃ……っ!」

「ああ、いいぞ」

「ふ、あぁぁ――――っ!!」

すさまじい勢いで高みに上らされ、ソフィアは背中を大きくそらせて絶頂を迎える。

やっと痙攣がおさまりくたりとリントの胸にもたれると、再び秘芽を擦られる。

「やっ、やだってばぁ……！」

「すごくきれいだった」

「……っ」

ソフィアは息も絶え絶えにうしろ手でリントの剛直を掴む。

「っ、こら」

「これ以上されたらバテちゃうの！　……そしたらリントと一緒にはできない、から」

自分ばかりが気持ちよくなるのはいやだ。気持ちがやっと通じたのだから、身体だって繋がりたい。

どう言ったものかと迷っていると、きつく抱きしめられた。

「寂しい思いをさせてしまったか？」

「……そうだよ。ずっと寂しかったの。リントがいなくなるって思って」

「ん？」

「だってよそよそしいから、国に帰りたいんだろうなって。迷ってるんだと思っていたの」

自分との約束をとるか、父との別れの儀式と祖国をとるか。ふたつのあいだで板挟みになっているのだろうと思っていた。自分が彼の足枷になっていると思いもした。

結局、リントの態度はソフィアの薬草畑をだめにしてしまった後ろめたさからだとわかったけれど、それだけで寂しかった気持ちは埋まらない。

「そんなふうに思われていたとは……すまなかった。お前の前から去るつもりはないと伝えていたつもりが、足りなかったな。ソフィアに悲しい思いはさせたくないと思っていたのだが」

「だから、一緒にしたいの——そしたら少しだけ安心できるから」

「それで俺の気持ちが伝わるなら、安いものだ」

リントはソフィアの腰を持ち上げる。怒張したものが屹立し、少しだけ腰を落とすと先端が秘裂にめり込む。

「ソフィア、俺はお前を離すつもりはない。もしお前がいやだと言っても、離してはやれないからな」

瞬間、腰を落とされる。

自分の重みでリントの剛直をずぶずぶと飲み込んでいき、ふたりの肌がぴたりとくっつく。

「っ————!!」

最奥までいきなり貫かれ、敏感なところを一気に擦り上げられた快感に一瞬息が止まった。

「軽くイったか？」

激しい刺激に身体を震わせていると、リントが軽く腰を揺する。

「ふぁっ……！」

怒張の先が奥壁を擦っていく。

ふたりの腹に挟まれた複茎はソフィアの秘玉をふたたびえぐる。

「お前の中は熱いな、ソフィア。もうすっかり俺の形になって、なんていじらしいんだろうな」

「あっ、だめっ、これ……っ、同時に」

リントが身体を動かすたびに敏感なところが同時に刺激される。たまらない気持ちになって首にしがみついた。

「もっと激しくしてもいいか？　このぶんだと、長くもちそうにない……！」

リントの声も上ずって余裕がなくなっている。

口を開けば甘い声しか出ないソフィアはこくこくと首を振ってそれに答えた。

「っ、あ、あ、ああっ」

繋がったところから溶けて、まるでふたりの身体がひとつになったような錯覚を抱く。

快感の波にもまれていると、唐突に身体は臨界点を超える。

「――っ、ああ……っ!!」

隘路がさらにきつく狭まり、リントを誘うように蠕動する。

その誘いに乗って、猛るものがびくんと何度も震えた。

「っ、く」

引き絞った声と同時に、最奥で熱いものが弾ける。

（一緒にイけたんだ）

それが嬉しくて、弛緩しそうになる腕で必死に抱きついた。

「リントをすごく近くに感じて、嬉しい」

「ソフィア」

そっと頭を撫でられ目を細めていると、腰をゆるりと動かされた。

白濁と蜜が混じり合ったものが隙間からこぼれる。太ももに触れるぬるついた感触に顔を赤らめていると、リントのものが硬さを増した気がした。

「え……？」

「うん？」

「ぬ、抜くんじゃ……」

一度欲を放って、しぼみかけていると思っていたそれは、さっき吐き出したのが嘘みたいに硬さと熱さを取り戻している。

「今のはソフィアの不安をなくすための行為だ。次は――俺がソフィアをどれほど愛しているか伝えるための行為だな。まあ、一度で伝えきれる自信はないが」

「あ、明日起きれなくなっちゃうってば！」

「よい、よい。ふたりで朝寝を楽しもう」

ベッドに押し倒されると、角度が変わって内壁の敏感なところが押し上げられる。それだけでゆるやかになっていた欲望の炎がまた大きくなるようだった。

「今度はそう早くないぞ、覚悟しておけ」

「もう……！」

でも、たまには。

規律正しい生活を心がけてきたソフィアだったけれど、こんな日くらいは寝坊してもいいかなとそう思えた。

エピローグ

——一年後。

純白の花嫁衣装を纏ったソフィアは、同じく真っ白な正装に身を包んだリントと並んで竜車に乗り込む。

竜車は人間が使う馬車によく似ているが、馬ではなく翼竜が車体を引く。車輪はなく、竜が助走をつけて飛び立つと、乗客部もふわりと浮き上がる。

白い花で飾り付けられた屋根のない竜車は、城を出ると丘をまっすぐ下って城下町へと向かう。

「街ではみんなが祝福しようと待ちわびていますよ！　そのあとは城に戻って貴族を集めたパーティーですからね！　ああ、忙しい。準備の最終確認をしないといけないのに……。でもソフィアさん本当におめでとうございます。こんな日が来るなんて、うう……っ。リント兄もいつも以上に美しいですぅっ」

白い翼竜の背に乗って併走していたレイの表情がころころと変わり、最終的には泣き出してしまう。

「落ち着きのないやつだな。こっちはいいからもう城に戻っていろ」

「いいえ！　僕はリント兄の――いえ、国王陛下リントヴァーン様の側仕えですからね。お供します！」

レイはリントが王位を継承したのと同時に、側仕えとして登用されることが決まった。ヒルダの件があり、一部からは不安視する声も上がったが、むしろ監視もかねて側に置いたほうがいいとリントがまわりを説き伏せた。

レイの忠誠心は傍目にも明らかだったことですぐに反対の声はなくなった。彼の働きぶりは申し分なく、リントの右腕として活躍している――首を突っ込みすぎるきらいをのぞけば、だが。

遠方の城に幽閉されたヒルダとも、時折面会が許され、自分は王位なんて望んでいなかったと話したらしい。ヒルダは今では憑き物が落ちたように穏やかで静かな生活を送り、反省の言葉を口にすることも増えたという。

リントは、竜人国の王になった。

空送りの儀式のあと、国へと帰還し玉座についたのだ。国中が新しい王の誕生を祝福し、そして日々はめまぐるしく過ぎていった。

膝の上に置いていた手に大きな手が重ねられる。

「疲れたか？」

「そうじゃないんだけど、少し緊張して」

ソフィアはリントの婚約者として城に部屋を与えられた。そして、薬師として広大な薬草園も贈られた。

驚くべきことに竜人国の薬草園には古今東西ありとあらゆる種類の薬草が揃っていた。自由に使って研究していいとの言葉に、夢中になって工房にこもる日が続いた。自分以上に忙しいリントが妬いてしまうくらいに。

今日からはソフィアは王妃だ。

ただの平民、ただの町の薬師。そんなふうに自分を評するソフィアには過ぎた立場ではないかとなんだか落ち着かない。

リントはそんなこと気にしないとわかっているけれど、国民はどう思うのだろう。

「案ずるな。民はみな、ソフィアのことを救世主だと思っている。なにせ叔父貴の命を救い、俺をヒルダから隠し通した英雄なのだから」

「そんなふうに思われているの？」

「当たっているだろう？　なにも問題はない。それより、落ち着いたら慰問で国中を回ろう。貧しい町にも薬を届けたいと言っていたのに、遅くなってすまなかったな」

「覚えていてくれたんだ」

「もちろんだ。ソフィアが竜人のための薬の研究を進めていることも、ちゃんと知っているぞ」

立場が変わってもソフィアのやりたいことは少しも変わらない。自分の薬で少しでも多くの人に元気になってほしい。

「いいですか、町に入ったらまずはメインストリートをゆっくりと飛んで民にお顔を見せてくださいね。そのとき笑顔で手を振ると沿道の者たちも喜ぶでしょう。そのあとは――」

「……撒くか」

ぽつりとリントがつぶやく。次の瞬間、あたりは白い靄に包まれ、身体がふわりと宙に浮き上がっていた。

「えっ⁉」

「しっかりつかまっていろ」

竜の姿になったリントの背に乗っているのだ。竜の姿はソフィアの二倍ほどの体長だから、その背も広くてどっしりと安定感がある。

やっと状況を理解した瞬間、ぐんと身体が後ろにひっぱられた。

リントが急に加速したので、慌てて彼の首根っこにつかまる。

遠くでレイがなにやら叫んでいるが、風を切る音で内容まではわからなかった。おそらくは戻って来いという類いのことを言っているのだろうが。

「り、リント、レイくんが困ってるよ?」

「構わん。浮かれてパレードなど勝手に決めるからだ。やっと夫婦になれたというのに気が休まる暇もないではないか」

リントは本来竜車で通るはずだった大通りへと降下すると、低いところをそのまま滑空していく。

沿道は道を埋め尽くすほど人が溢れており、リントの姿を見ると歓声が上がった。

大きな翼が羽ばたくたびに突風が巻き起こり、民が手に持っていた国旗や飾り付けられたオーナメントがあたりに飛び散った。

「リント、みんなに挨拶を——うわっ」

通りの終わりと同時にリントはまた大きく上空へと浮上した。

笑顔で手を振る、なんて余裕はなかった。けれどとんでもないスピードで流れる景色とともに、幸せそうに笑っている人々が見えた。

だれもがリントの結婚を喜んでいるのだ。受け入れられたことにほっと安堵する。

「やっとふたりきりになれたな」

「そうだけど……このあとどうするの?」

「見せたいものがある」

リントは風に乗り、山を越えていく。


降ろされたのは今となっては懐かしいソフィアの家の裏山だった。

「どうした、うつむいて」

地に足がつくとリントは人型に戻る。土で柔らかく歩きにくいので、ヒールのソフィアに手を差し伸べてくれるが、手をつなぐと急に恥ずかしくなってくる。

式のときは厳かな雰囲気に緊張していたし、それ以外のときはレイが近くで大変にぎやかだった。

だからいざふたりきりになると、派手やかに装ったリントの姿にどぎまぎしてしまう。

「り、リントがあんまりかっこいいから……困る」

そう言うと、リントは吹き出した。そしてもじもじするソフィアをさっと抱き上げる。

「きゃっ」

「俺のほうが困っている。ソフィア、すごくきれいだ。式のあいだもお前に目を奪われて全然集中できなかった」

リントが眩しいものを見るように目を細め、愛おしさに溢れた視線を送ってくる。

「あ、あの、見せたいものって……?」

「これだ」

リントはソフィアを横抱きにしたまま、森に分け入っていく。

まわりの木々は少しずつ緑を取り戻しているが、かつて薬草畑だったところはただの広場のようになっていた。

なんだろう、と目を凝らしてソフィアは「あっ」と声を上げた。

「芽が……！」

ただのならされた土地に見えたそこにはぽつぽつと小さな新芽が出ていたのだ。

「これ、どうして……？　だって、手入れなんて……」

竜人の国に行ってから忙しそうなリントを見て、帰って畑の手入れをしたいだなんて言える雰囲気ではなかった。

まわりの木や草が元通りになれば、畑もいずれ草が生い茂り緑を取り戻すだろう。畑でなくなるのは少し寂しいけれど、山の一部として再生するならそれでもいいと思っていた。

「ソフィアの家で暮らしていたとき、ウルスラの畑に関する本を見つけたのだ。それを元に植えてみたが、なんとか間に合ってよかった」

「リントがやってくれたの？」

「さすがに毎日手入れをするのは無理だったがな。知識のある部下を派遣して様子を見つつやっていた。これからもこの薬草畑は竜人国が責任を持って保管していこうと思うのだが……」

「嬉しい……」

ソフィアはリントの腕から下りると、そっと新芽へ触れる。

リントがここを自分以上に大切にしてくれている気がして目頭が熱くなる。

「最高のプレゼントをありがとう、リント」

まなじりに滲む涙をリントがそっと指先で拭う。

「俺がそうしたいと思ったのだ。ソフィアの家も荒れないように時々様子を見ていた。思い出の場所だ。たまにはあそこで過ごそう」

「うん、うん……！」

「ソフィア、俺の隣にいてくれてありがとう。これから先も、ずっと永遠に、お前と並んで歩きたい」

ずっと。永遠に。

その言葉がじんわりと心に沁みていく。

（ああ、わかりました師匠。今やっと）

「わたしはこれから先、ずっと、ずーっとリントのことが好きだよ」

リントを好きになったことが、彼と恋をできたことが、こんなに嬉しい。

恋する気持ちは、きっと永遠に壊れない。

形あるものはいつかなくなる。では、形のないものは。

いつかの問いに答えが出た気がした。

溢れた涙が頰を伝う。それはとても温かかった。

「愛している、ソフィア」

「わたしも、大好き」

そっと目を閉じると唇に温かなものが触れた。

風が葉をなでる優しい音の中で、ソフィアはしばし幸福な口づけに包まれていた。

終わり

あとがき

はじめまして、真波《まなみ》トウカと申します。

このたびは『うっかり落札した次期竜王に求婚されまして』をお手に取っていただきありがとうございました！

ヒロインがオークションで落札される展開は見たことあるけど、逆だったらどうなるんだろう……そんなアイディアから出来上がった本作。ヒーローのリントは正統派なキャラクターではないのですが、楽しんでいただけましたでしょうか？

自分としてもはじめて書くタイプのキャラだったので、最初のうちは「大丈夫かな？」とおっかなびっくり書き進めていたのですが、話が進むごとにキャラクターたちのことが大好きになっていて、執筆中は本当に楽しくて幸せな時間でした。

ゆるゆるなリントの実はかっこよくて懐の深いところを、みなさまにも好きになってもらえたら嬉しいです。

ソフィアの方は個人的に大好きな、ひたむきで頑張り屋さんなヒロインです。そして、以前から書いてみたかった薬師という職業です。手に職のある自立した女の子は書いていてとても楽しかったです。

それから脇役なのにものすごーく出番の多いレイ。彼が出てきてからのわちゃわちゃ感、微笑ましく見てもらえたらありがたいです。

レイのその後についてもう少し。十六歳になっても女顔を気にしている彼ですが、これから先もずっとそのままです（笑）。ソフィアよりも低い背や筋肉のついていない身体を気にして、いつかは成長するだろうと期待して鍛えているのですが、リントのような男性らしいイケメンにはなることはないかなと。

成人して髪を伸ばさなくてはいけなくなったときの一悶着だとか、レイについてはその後の妄想が広がります。

ただ、当初考えていたものよりはレイと母のヒルダが修復可能な関係に落ち着いたことに安堵しております。最初はレイが苦労人ということもあって、かなり大きな溝ができたままお話が終わるイメージだったので。

レイが母親とわかりあえて彼の苦労が報われる日がくるといいなあと思います。

今回イラストを担当してくださったのはCiel先生です。かわいくて幸せそうなソフィア、振り回される様が愛おしいレイ。なにより、イラストを見た瞬間「これはナルシストにもなる……！」とものすごく説得力のある、超絶美形なリントを描いていただき感激でした。ありがとうございました！

そして、バタバタした私生活を気遣ってくださった担当様、個人的に大変お世話になったS先生には感謝が尽きません。

また刊行にあたってご尽力いただいたすべてのみなさまと、応援してくれた家族や友人にこの場を借りて心からのお礼を申し上げます。

なにより、本作を手にしてくださったみなさまには最大級の感謝を。本当にありがとうございました！

読んでいる時間が少しでも日々の楽しみや癒やしになっていたら嬉しいです。

もしお話を気に入っていただけたら、感想などいただけますと飛び上がって喜びます！

では、またどこかでお会いできることを願って。

真波トウカ

うっかり落札《らくさつ》した次期竜王《じきりゅうおう》に求婚《きゅうこん》されまして

ティアラ文庫をお買いあげいただき、ありがとうございます。
この作品を読んでのご意見・ご感想をお待ちしております。

✦ ファンレターの宛先 ✦
〒102-0072　東京都千代田区飯田橋3-3-1
プランタン出版　ティアラ文庫編集部気付
真波トウカ先生係／Ciel先生係

ティアラ文庫&オパール文庫Webサイト『L'ecrin《レクラン》』
https://www.l-ecrin.jp/

著者――真波トウカ（まなみ とうか）
挿絵――Ciel（シエル）
発行――プランタン出版
発売――フランス書院
〒102-0072　東京都千代田区飯田橋3-3-1
電話（営業）03-5226-5744
（編集）03-5226-5742
印刷――誠宏印刷
製本――若林製本工場

ISBN978-4-8296-6941-9 C0193

元・悪役幼女は魔王様に
（破滅フラグ）
溺愛されています
Ninoha Hachimaki
八巻にのは
Illustration 天路ゆうつづ